손을 맞잡으면
따스하다

TE WO TSUNAGEBA, ATATAKAI.
Copyright ©2011 Kazuko YAMAMOTO
All rights reserved.
Original Japanese edition published by Sunmark Publishing, Inc.
Korean translation rights arranged with Sunmark Publishing, Inc.
through Timo Associates Inc., Japan and PLS Agency, Korea.
Korean edition published in 2013 by Maekyoung Publishing inc.

손을 맞잡으면 따스하다

초 판 1쇄 2013년 1월 25일

지은이 야마모토 카츠코 **옮긴이** 유가영
펴낸이 성철환 **담당PD** 이윤경 **펴낸곳** 매경출판(주)
등 록 2003년 4월 24일(No. 2-3759)
주 소 우)100-728 서울 중구 필동1가 30번지 매경미디어센터 9층
홈페이지 www.mkbook.co.kr
전 화 02)2000-2633(편집팀) 02)2000-2636(영업팀)
팩 스 02)2000-2609 **이메일** cacao@mk.co.kr
인쇄·제본 (주)M-print 031)8071-0961

ISBN 978-89-7442-902-7(03830)
값 12,000원

손을 맞잡으면 **따스하다**

야마모토 카츠코 지음 · 유가영 옮김

매일경제신문사

나는 어릴 때부터 무얼 하다가도 금새 멍하니 생각에 빠지는 아이
였다. 친구들과 술래잡기를 할 때도 달리기가 느린 나는 금방 술래
에게 잡히고, 정작 술래가 되면 아무도 잡지 못했다. 그러다가 넘어
져 무릎에서 피가 나거나 도랑에 머리부터 들이박아 흙투성이 되기
도 했다. 결국, 엉엉하고 끝내 울음을 터트리곤 했다.

숨바꼭질을 하면 숨거나 찾기보다 나뭇가지에서 새나오는 햇빛
에 마음을 뺏기거나 잎사귀, 곤충들이 마치 내게 말을 걸어오는 것
처럼 느껴져 이들과 친구가 되었다. 그러다 보면, 숨바꼭질을 하고
있었던 것조차 잊어버렸다. 친구들은 이런 나에 대해 "갓코는 울보
에 툭하면 길 잃어버리고 넘어지기나 하고 너무 귀찮아"라고 생각
했을 것이다. 어느새 나도 친구들에게 무리하게 맞춰가며 놀기보다
는 혼자 생각에 빠지는 것이 더 편하다고 느끼게 되었다. 그러면서
자연스럽게 자연 경치나 주위 사람들을 멍하니 응시하면서, 이 세
상에 존재하는 모든 것에는 비밀이나 규칙 같은 것이 있다고 느끼
게 됐다.

어른이 된 지금도 그 규칙을 '우주의 약속'이라고 부르며 그 약속에 대해 멍하니 생각하는 것을 무척 좋아하게 되었다. 우주의 모든 것은 '우주의 약속'으로 만들어져서 사람들은 이 약속에 대해 알고 싶어 한다. 나는 이것이 과학이나 철학, 양자역학이나 심리학, 고고학, 종교 등을 만들어낸 것이라고 생각한다. 우주도 그 법칙을 우리 모두가 알아줬으면 하는 마음으로 《성경》이나 《반야심경》을 남긴 것 같다.

나는 지금, 모 특수학교에서 과학 교사로 있다. 어느 날 과학 수업에서 우주에 대해 아이들에게 얘기하고 있었다.

"지구는 무엇을 중심으로 돌고 있을까?"라고 아이들에게 물었다. 아이들은 "태양이요"라고 대답했다. 우주에 대한 것을 아주 좋아하는 아이들은 은하계 속에 태양이 있고, 은하 같은 성운도 소용돌이치며 돌고 있다는 것까지도 알고 있었다.

내가 다시 "그럼, 태양은 무엇을 중심으로 돌고 있을까?"라고 묻자, 아이들은 "은하의 중심을 축으로 돌고 있어요"라고 답한다. "그렇다면, 은하계 우주는 어떨까?"라고 내가 다시 묻자, 아미가 눈을 빛내며 말했다. "어머?! 우주도 무언가를 중심으로 돌고 있는 거예요? 혹시 그 무언가도 또 다른 무언가를 중심으로 돌고 있어요? 계속 커져도 다 같은 식이에요?"

나는 아미가 멋진 부분을 알아차려서 기뻤다. "그렇단다. 계속 커져도, 그리고 계속 작아져도 같은 식이야." 그러자 또 아이들의 눈이 반짝반짝 빛났다.

"갓코 선생님, '작아져도'라는 건 무슨 뜻이에요? 달이 지구 주위를 돌고 있단 걸 말하는 거예요?"

"그래그래, 그렇지. 달은 지구 주위를 돌고 있지. 하지만 그것뿐만이 아니란다. 너희들 몸속도 같아. 몸의 세포를 계속해서 쪼개면 뭐가 되는지 아니? 몸뿐 아니라 모든 것을 계속 쪼개서 이제 더 이상 쪼갤 수 없을 정도가 되면 뭐가 될까?"

이번에는 히로시가 답했다. "갓코 선생님. 그건 원자예요. 원자가 최소단위에요."

"우와, 히로시. 대단하네. 그렇지. 그럼, 원자는 어떤 식으로 만들어져 있지?"

"음, 원자핵의 주위를 전자가…." 그렇게 말하다가 히로시도 아미도 다른 아이들도 "와-!"라고 목소리를 높였다.

"전부 같은 식인 거예요?" 아미가 물었다.

"응. 그래. 전부 같은 거야. 우주는 전부 같은 법칙으로 이뤄져 있어. 크고 큰 우주에서 작고 작은 마이크로의 세계까지. 큰 우주 속에 우리들이 있어. 그리고 우리들 안에는 세포 같은 마이크로의 세계가 있어. 모두 같은 구조로 되어 있어. 이걸 '포개짐 구조'라고 해."

교실에 있는 아이들의 머리 위에 왠지 많은 성운이 소용돌이치고 있고, 별똥별이 떨어지고 있는 것 같은 느낌이 들었다.

나는 아이들 속에 있는 '왜?', '신기해!', '대단해!'라는 생각이 부풀어지는 순간이 아주 좋다.

예전에 한 특수학교에서 만난 다이(大ちゃん)라는 남자아이가 있었다.

다이는 우주에 대한 시를 여러 개 썼다.

나는 여기에 있지만
우주를 생각하면 우주에 갈 수 있다
여기에 있어도 어디든 갈 수 있다

내 손 위에 우주가 있다
내 몸속에도 우주가 있다
작은 개미 몸속에도
여러 개 여러 개의 우주가 있다

8

나는 다이가 우주가 포개짐 구조로 되어 있다는 것을 누가 알려주지 않아도 감각적으로 알고 있었던 것이 아닐까 생각한다.

학교에는 신기한 능력을 가진 아이들이 많이 있다. 처음 들은 곡을 술술 연주해내거나 처음 들은 외국어의 의미를 알거나, 마치 마음을 하늘에 날린 것처럼 항공사진 같은 정확한 그림을 그 자리에서 그리기도 한다. 이것은 마치 마법처럼 보이기도 한다. 또, 곁에 있는 것만으로 사람에게 따뜻하고 행복한 기분이 되게 만들어 주는 아이들도 많이 있다.

이런 능력을 가진 아이들은 우리 같은 어른들보다 훨씬 우주와 이어지는 것을 잘한다고 생각한다. 동물과 초목 등도 역시 우주와 이어지는 것을 잘한다. 그래서 아이들이나 자연의 모습을 응시하고 있으면 우주와 이어지는 방법을 알려주고 있는 것처럼 느끼게 된다.

글의 첫 부분에서 언급한 것처럼, 어릴 적부터 항상 멍하니 생각에 빠져있던 나는 모르는 것이나 신기한 것이 생기면 주위에 있는 사람에게 달려가 "어째서? 어째서?"라고 물어보고 다녔다. 그런 내게 생긴 별명은 '어째서'였다. "어째서 낮과 밤이 있는 거야?", "어째서 입은 여기에 붙어있어? 발바닥이나 등에 있었으면 밥을 먹을 수가 없을 텐데", "어째서? 어째서…." '어째서'인 내가 알고 싶었던 것은 결국 단 한 가지. 그것은 모든 것을 움직이고 있는 '우주의 약속'에 대한 것이었다.

내가 아직 어렸던 어느 날, 수업 중에 억수같은 비가 쏟아졌다. 나는 하늘을 올려다보며 어떻게 하늘은 이렇게 많은 수분을 모았지? 그리고, 비가 내려 식물과 동물을 키우고 또 하늘로 올라가는 반복 중에서 왜 비는 없어지지 않을까 하고 생각했다. 그리고 그때, 보육원 선생님이 해준 손오공 그림연극을 떠올렸다. 그것은 손오공이 3일 밤낮으로 계속 뛰어다녀도 부처님 손바닥 위에서 나갈 수 없었다는 얘기였다. 우리들은 항상, 큰 손바닥 위에서 살아가고 있다. 모든 것이 그렇다고 생각했다. 그때, 갑자기 아주 행복한 기분이 들었고, 수업 중이었지만 눈물이 멈추지 않았다.

내가 특별한 종교를 믿는 것은 아니다. 하지만 나는 하느님이나 부처님 같은 어떤 큰 힘이 우리 모두를 가장 좋은 상태가 되도록 만들어 주고 있다고 생각한다. 그렇기 때문에 우주의 모든 것은 잘 돌아가도록 되어있는 것이 분명하다는 확신을 가지게 되었다.
한 가지 물건에도 그것만 있는 것이 아니라 모든 것이 서로 관련

되어 서로 지지하며 이어져 마치 하나의 생명과 같이 만들어져 있다. 당시에는 아이였기에 나도 그 일부라는 것을 말로는 제대로 표현을 할 수 없었지만 느꼈었던 것 같다.

항상 길을 잃거나 물건을 잃어버리거나 계단에서 구르거나 여러 가지로 잘 하는 것이 없었던 나였다. 하지만, 전체가 잘 되어있는 우주의 일부라면 역시 그걸로 된 것이라는 생각이 들어서 눈물이 멈추지 않았던 것이다.

이 책에는 '어째서'인 내가 너무나도 알고 싶어 했던 것들이 들어있다.
학교의 모두에게서 배운 것.
여행지에서의 만남을 통해 깨달은 것.
매일 매일의 삶에서 '앗!'하며 느낀 것.
그리고, 아픔이 함께하는 인간의 역사를 접하고 느낀 것.

지금 이 순간에도 일어나고 있는 우주의 약속을 알고 싶어 하는 '어째서'의 마음은 지금도 여전히 내 안에 남아있다. 내가 멍하니 생각하는 것을 들어주었으면 한다.

- 야마모토 카츠코

목 차

제1장

당신이 아프면 나도 아프다

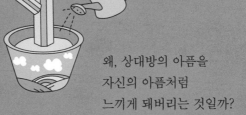

왜, 상대방의 아픔을
자신의 아픔처럼
느끼게 돼버리는 것일까?

붉은 피가 흐르면,
모두 아프다는 것을
사실은 우리 모두가 알고 있다

파란색은 모든 것을 연결하는 색깔이다

어릴 때부터 나는 파란색을 좋아했다. 하늘이 맑은 날 밤에 방의 불을 끄면 천장의 커다란 창문에서 많은 별이 빛나는 것이 보였다. 달이 커다란 날에는 침대가 네모난 창문의 형태로 비춰지고 있다는 것을 알았다. 침대에 누워 별과 달과 그리고 짙은 감색의 우주에 대해 생각하고 있으면 눈을 감고 있어도 그곳에는 썰렁한 우주가 있고 내 몸 주위에도 수많은 별들이 반짝이고 있는 것 같았다. 감색의 우주는 내 마음의 중심을 같은 색으로 가득 채웠다. 내 몸은 이윽고 우주에 녹아들어 나는 우주의 일부라고 느끼게 되는 것이다.

잠들 때에는 파란 색으로 마음을 가득 채우며 왔다가 돌아가는 바다의 파도에 대해 생각했다. 요람에서 흔들리고 있는 느낌이 들고, 어느덧 나는 파도의 일부가 되어 바다의 품에 안겨 파란색 안에 녹아드는 느낌이 들었다. 그리고 나는 뭔지 알 수 없는 크고 또 크며 한없이 파랗고, 한없이 멋지고 따스한 무언가의 일부라고 느끼는 것이다. 도대체 그 큰 것은 무엇일까? 나는 계속 그것에 대해 생각했던 것 같다.

내가 어렸을 때 살았던 집의 화장실은 재래식 화장실이었다. 나는 이란성 쌍둥이 중 언니로 태어났다. 나와 동생은 어머니가 처음으로 얻은 자식이었다. 어느 날, 집안일을 도와주러 오신 할머니와 우리들이 집을 지키고 있던 때의 일이다. 할머니는 문득 내가 없어진 것을 알아차리셨다. 할머니는 내가 화장실에 떨어진 것이 틀림없다고 생각하시고는 급하게 화장실로 가셨다고 한다. 그러나 나는 화장실에 떨어진 것이 아니라, 2시간 동안이나 화장실 구석에 앉아 그 속을 들여다보며 생각에 빠져있었다.

"거기서 뭐하고 있니?"라고 묻는 할머니에게 나는 "화장실 안이 똥으로 가득했었는데, 지금은 왜 없어진 거예요?"라고 되물어보았다. 할머니는 "똥 푸는 차가 와서 퍼간 거란다"라고 대답해주셨다. 그러자 내가 "왜, 지구에는 코끼리가 있고, 기린이 있고, 판다가 있고, 훨씬 더 여러 가지 것들이 매일 똥 싸고, 똥을 퍼가지도 않는데 왜 지구는 똥으로 가득차지 않는 거예요?"라고 되물었다고 한다. 할

머니는 이런 식으로 엉뚱한 것만 생각하는 나에 대해 걱정이 많으
셨다고 하셨다.

하지만 내가 가장 좋아했던 할머니는 내가 어렸을 때 돌아가셨
다. 그것은 내가 처음으로 경험한 가까운 사람의 죽음이었다. 나는
그 후 몇 년이 지나고서 이날의 일을 시라고 할 수 없을 정도의 짧
은 문장으로 썼다.

장례식이 끝나고, 할머니를 바다 근처에 있는 화장터로 모시고 갔다
나는 할머니가 태워지는 것이 보고 싶지 않아 밖으로 나왔다
화장터는 조금 높은 언덕 위에 있어서, 바로 저편에 푸르디 푸른 바
다가 보였다
나는 가끔씩, 그 바다의 푸르름이 생각난다
그리고 하늘의 푸르름이 생각난다
나는 그럴 때, 내가 투명해져서 하늘로 녹아들어갈 것 같다

그날, 내가 본 바다의 푸르름
그 푸르름은 그날만의 푸르름
그날, 내가 올려다본 하늘의 푸르름
그 푸르름도 그날만의 푸르름

푸른색
하늘도, 바다도

푸른색
그리고 마음도

모두 모두 푸른색
푸른색은 이어지는 색이다

오늘도 또다시, 푸른 하늘을 올려다본다. 이 푸르름으로 우리들은 모두 이어진 것이 틀림없다고 생각되기 때문이다

코끼리 똥과 설계도

어른이 되어 아프리카에 여행을 갔을 때의 일이다. 그곳에서 본 코끼리는 아주 크고 다정한 눈을 갖고 있었다. 여행 일정에는 걸어서 숲을 보는 투어가 있어서, 숲속 코끼리의 식사장소에 갈 수 있었다. 코끼리의 식사장소는 지면은 질척질척한 늪처럼 되어있고 큰 나무는 껍질이 벗겨지거나 쓰러져 있어 심각한 상황처럼 보였다. 내가 보기에 그 모습은 숲을 망가뜨리고 있는 것으로 보였다. 나는 다정한 코끼리가 사실은 숲을 파괴해버리는 존재가 아닌가 하고 걱정이 되었다. 그래서 운전사 큐리 씨에게 "코끼리는 숲을 파괴하나요?"라고 물었다. 그러자 큐리 씨는 "노-"라고 하더니 "코끼리는 숲을 만들어요"라고 대답했다.

코끼리는 음식을 섭취하자마자 바로 소화가 안 된 상태의 똥을 싼다고 한다. 때문에 코끼리가 먹은 단단한 열매의 씨는 소화되지 않고 남아, 똥을 영양분으로 해서 계속 커가는 것이다. 실제로 투어하면서 똥에서 싹이 나는 장면을 많이 봤다. 그리고 코끼리의 똥이 똥의 형태 그대로 반쯤 흙이 된 것도 봤다.

또한, 코끼리의 똥은 흰개미의 개미 무덤이 되어있었다. 그리고 산양이나 가젤, 누(아프리카산 솟과에 속하는 대형 영양), 얼룩말 등의 초식동물은 코끼리의 똥에서 피어난 작은 풀을 먹고 있었다.

개미 무덤의 개미를 먹는 작은 육식동물도 있었다. 책에 따르면 초원의 풀조차 넓은 이파리 부분, 줄기 부분, 뿌리 부분으로 먹는 부분이 모두 구분되어 있다고 한다. 모든 동물들이 정말 쇠사슬처럼 서로 이어져 살아가는 것이었다. 그리고 그 근원이 되는 것이 코끼리의 똥이었다.

코끼리의 똥만이 아니다. 떨어진 풀잎 등도 흙이 된다. 동물의 시체도 하이에나가 먹고 난 후 분해되어 흙이 된다. 죽은 동물도 모두 흙으로 변한다. 그리고 또 다시 풀이 나고 생명의 근원이 된다. 숲의 잎사귀도 가을이 오면 낙엽이 되고 그것이 썩어 흙이 된다. 동물이나 사람이나 곤충, 식물 등 만약 생명이라는 것에 끝이 없다면 이 지구는 동물과 식물로 가득 찰 것이다. 똥도 나무도 그리고 동물도 모두 생명의 근원인 흙으로 변한다는 것은 이 얼마나 신비로운 일인가.

어렸을 때, 2시간이나 재래식 화장실에 앉아 생각에 빠졌던 의문에 대한 답이 몇 십년이 지나 이제야 가슴에 스미듯 내 속에 펼쳐졌다. 사바나에 서 있었을 때, 나는 이 많은 신비함과 우연에 가슴이 떨릴 정도였다.

코끼리가 소화를 시키지 않은 상태로 똥을 싸고 머지않아 숲을 만든다는 것, 똥이 개미 무덤으로 변하는 것, 먹는 부위가 나눠져 있는 것, 어느 하나 누군가가 설계도를 만들지 않으면 있을 수 없는 일처럼 생각되었다.

사람의 몸 안에서 일어나고 있는 일이 우주에서도 일어나고 있다

　　중학생이 되었을 때의 일이었다. 과학 시간에 세포분열에 대해 공부했다. 인간이 만들어질 때, 처음에는 단 한 개의 수정란이고, 수정란 안에는 그 사람이 앞으로 어떤 모습과 형태가 될 것인지, 머리색이나 눈 색은 무엇이며, 어떤 것을 잘하는 사람이 될지 등과 같은 설계도가 DNA 배열에 들어있는 것이다. 그 수정란은 머지않아 완벽히 똑같은 DNA를 가지는 2개의 세포로 분열하고, 그리고 나면 4개로 분열하는 식으로 계속해서 분열해 사람의 몸이 된다. 나는 이런 방법이 너무나도 신비하게 느껴졌다. 그래서 선생님에게 질문했다. "1개의 세포가 계속 분열해서 몸속이 모두 똑같은 세포로 되어있는데 왜 완성된 것이 손톱이 되거나 손이 되거나 입이 되는 거에요?"

선생님은 "그런 건 생각하지 않아도 돼"라고 말씀하셨다.

무책임하게 들릴 수도 있겠지만, 그때는 그런 대답밖에 할 수 없었을 것이다.

당시에는 아직 과학이 발전하지 않아서 어떻게 한 개의 세포에서 인간의 형태가 만들어지는지 몰랐기 때문이다.

하지만 지금은 과학이 발전해서 세포가 분열하는 방법을 명확히 알게 되었다.

모든 세포는 그 사람 고유의 유전자 분열인 DNA(설계도)를 갖고 있고, 그 설계도의 입부분이 'ON'이고 다른 부분이 'OFF'일 때에 입이 되고, 같은 방식으로 손가락은 그 부분이 'ON'이고 다음 부분이 'OFF'가 되어 만들어지는 것이다.

정말 이 얼마나 신비하고 멋진 일인가?

내가 가장 좋아하는 분자생물학자인 무라카미 카즈오(村上和雄) 씨는 책에 이렇게 썼다.

"사람의 유전정보를 읽고 있으면 신기하다고 느껴지는 일이 많다. 이렇게 정교한 생명의 설계도를 도대체 누가, 어떤 식으로 쓴 것인가? 만약 어떤 목적도 없이 자연히 만들어진 것이라고 한다면 이렇게까지 의미 있는 정보는 될 수 없을 것이다. 진정, 기적이라고밖에

할 수 없는, 인간의 영역을 넘어섰다. 그렇다면, 어쩔 수 없이 인간을 초월한 존재를 생각해보지 않을 수 없다. 이런 존재를 나는 '위대한 누군가'라는 의미로 십 년 정도 전부터 '썸씽 그레이트(Something Great)'라고 불렀다. (중략)

썸씽 그레이트란 '이런 것이다'라고 확실히 단언할 수 있는 존재가 아니다. 대자연의 위대한 힘이라고도 할 수 있으나, 어떤 사람은 하느님이라고 하고 어떤 사람은 부처님이라고 할지도 모른다. 어떤 식으로 생각하든 그것은 자유다. 다만, 우리들의 근원에는 무언가 신비한 힘이 작용하고 있어 우리들을 살게 한다는 마음을 잊어서는 안 된다고 생각한다."

-무라카미 카즈오, 《생명의 암호-당신의 유전자가 깨어날 때》 중에서

무라카미 선생님의 '썸씽 그레이트'에 대한 이야기를 책에서 읽었을 때의 놀라움과 내 가슴 속 비명을 지금도 기억한다. 나는 어릴 때부터 뭐라고 설명해야 할지 모르지만 우주의 힘이나 하느님 같은 커다란 힘이 확실히 존재한다고 생각했다.

그리고 그 힘(썸씽 그레이트)이 마이크로 수준의 작은 것부터 우주 전체에 이르기까지, 그리고 과거부터 현재, 그리고 미래에 이르기까지 서로 연관되어 모두 필요한 형태로 잘 설계된 것이라고 생

각했다.

내가 중학생이었을 때 의문을 품었었던 '몸의 모든 세포가 같은 유전자를 갖고 있는데 왜 입이 되거나 손이 될 수 있지?'라는 답이 이거였구나 하는 생각이 들었다.

우리들이 이 세계에 존재하는 것은 설계도를 목적한 것으로 만들어내고, 재생하는 'ON'과 'OFF'의 방법이 있기 때문인 것이다.

그리고 내가 '우주의 약속'에 대해 생각할 때, 항상 생각한 것 중 하나가 이 'ON'과 'OFF' 스위치의 장치였다.

프롤로그에서 이 우주는 모두 '포개짐 구조'로 되어있다고 했다.

작은 세계에서 일어나고 있는 일이, 큰 세계에서도 일어나고 있다는 것이다.

그렇다면, 우리들의 몸이 하나의 점인 수정란에서 시작되는 것처럼 우리들이 존재하는 이 우주의 시작도 같은 식으로 말할 수 있지 않을까?

무라카미 선생님은 "지구상의 모든 생물은 같은 A와 T와 C와 G의 4가지 유전자 암호를 갖고 있다. 이 4개 이외의 암호를 가진 것은 단 하나도 없다. 이것은 모든 생명이 단 하나의 점에서 시작된다는 것의 증거다. 그리고 그 우주도 또 하나의 점에서 시작되는 것이다"라고 말했다.

인간에 있어 처음 하나의 점인 수정란의 DNA에 어떤 사람이 될 것인가에 대한 설계도가 들어있는 것이라면, 이 우주의 최초 한 개의 점에는 하느님이 이 우주를 어떤 식으로 만들어갈지에 대한 설계도가 들어있었던 것이 틀림없다.

최초에 '약속'이 있었다

　　　《신약성경》의 '태초에 말씀이 계시니라'라는 부분에 대해
생각했던 적이 있다.
　여기에는 이렇게 쓰여 있다.

"태초에 말씀이 계시니라

이 말씀이 하느님과 함께 계셨으니

이 말씀은 곧 하느님이시니라.

그가 태초에 하느님과 함께 계셨고

만물이 그로 말미암아 지은 바 되었으니

지은 것이 하나도

그가 없이는 된 것이 없느니라."

처음에는 '말씀'이라는 단어에 연연해 '말씀'이 뭐지? 어떤 것에 대한 단어인가? 아니면 우리들이 수다 떨면서 쓰는 언어를 '말씀'이라고 풀이한 건가?라고 생각했다.

그래서 여기서 말하는 '말씀'이 어떤 단어를 풀이한 것인가 하고 알아보다가 '로고스'라고 하는 그리스어를 '말씀'이라는 식으로 번역했다는 것을 알게 되었다. '로고스'란 무엇인지 사전에서 찾아보고 깜짝 놀랐다. 사전에는 "이 우주의 성립, 법칙, 만물 질서의 근본 원리"라고 쓰여 있었기 때문이다.

의미를 알게 되고 '아, 역시 그렇군' 하고 생각했다.

'태초에 말씀이 계시니라.' 즉, 최초 한 개의 점에는 이 우주가 어떤 식으로 만들어져 갈지에 대한 설계도가 있었던 것이다. 그리고 이 설계도에는 전체 혹은 개개로서도 모든 것이 전부 잘 굴러가도록, 우리들 주변에서 일어나는 모든 것이 잘 돌아가도록 쓰여 있는 것이라고 생각했다.

처음에는 《성경》의 이 부분에 무엇이 쓰여 있는지 이해하지 못했지만 '말씀'을 '설계도'로 바꿔보니 이해할 수 있을 것 같았다.

태초에 설계도가 계시니라.

이 설계도가 하느님과 함께 계셨으니

이 설계도는 곧 하느님이시니라.

이 설계도는 태초에 하느님과 함께 계셨고

만물이 그(설계도)로 말미암아 지은 바 되었으니

지은 것이 하나도

그(설계도)가 없이는 된 것이 없느니라.

바꿔 써보면 '설계도는 곧 하느님이시니라'라고 되어있다.

즉, 모든 것을 만든 설계도 그 자체가 하느님이라는 것. 그런데, 이 설계도는 인간의 모든 세포가 수정란과 같은 설계도를 갖도록 처음 한 개의 점에서 분리되어 만들어졌다고 할 수 있다.

그 모든 것, 그 안에 하느님이 있다는 것. 나는 이것이 너무 신기했다. 이 설계도가 태초에 하느님과 함께 있었다고 가정한다면 하느님이 만들었지만 만들어진 것의 안에도 하느님이 있다는 것이다. 아, 마치 빙글빙글 무한의 표현 같다.

우리들이 '하느님이 있다'고 말할 때, 하느님이 하늘에 있다고 느끼거나, 어딘가 멀리 있는 것으로 생각한다. 하지만 이것은 틀린 것이다. 우주를 만든 하느님이 우주에서 떨어진 어딘가 먼 곳에 있으면서 우주를 만든 것이 아니라, 우주는 우주가 만든 것이다.

이번에는 인간에 대해 생각해 보겠다. 최초의 인간은 한 개의 수정란으로 되어있다. 이 수정란 안에는 손이나 발이나 내장이나 뇌 등 모든 것을 만들어내기 위한 설계도가 들어있다. 하지만 설계도 만으로는 집을 지을 수 없듯이 모든 것에는 설계도와는 별도로 힘이라는 것이 필요하다. 마지막으로 설계도와 힘을 갖고 뭔가를 만들어낼 수 있는 게 '사람'이다.

인간을 만들어낸 '설계도와 힘(이것을 하느님이라고 말할 수도 있을 것 같다)'은 처음 한 개의 수정란 속에 있다. 그리고 그곳에서 분리되어 만들어진 모든 것에도 같은 것이 있다. 수정란부터가 아니라도, 어떤 세포에서라도 현재는 몸의 일부를 만들어내는 일이 가능해지고 있다. 이는 모든 세포가 '설계도'와 힘을 갖기 때문이다.

모든 생명이 하느님과 같은 '설계도와 힘'을 가지는 것이라면 모든 것이 하느님이라고도 할 수 있을 것 같다.

예전에 가본 네팔에서는 까마귀도 원숭이도 모두 하느님이었다. 하느님은 모든 것의 수와 같은 만큼 많다고 들었다. 이 일치가 재밌다.

나는 '하느님이 모든 것이 잘 돌아가도록 만든 것이다'라고 썼다. 이 우주에 있는 최초 한 개의 점에, '모든 것이 잘 돌아가도록'과 같은 사랑이 가득한 마음이 담겨져 있다면 그것으로부터 펼쳐지는 세계는 어디든 사람으로 가득할 것이라 생각한 것이다. 아, 그런 것이라면 이 얼마나 멋진 일인가. 이 우주의 꽃, 달, 새, 나, 산, 나무 등 모든 것이 사랑으로 가득 차 있다는 것이니까.

누군가의 아픔에 눈물을 흘린다

나는 어릴 때부터 아픈 것, 슬픈 것을 보통 사람들보다 두세 배로 견디기 어려워했던 것 같다. 모두 어렵다고 느끼겠지만 나는 극단적으로 힘들어했다. 그 점은 지금도 전혀 달라지지 않았다. 지금도 나는 내 아픔보다, 다른 사람의 아픔이나 피를 보는 것이 더 힘들다.

유치원에 있었을 때, 친구가 넘어져 다리에서 피를 흘리고 있으면 나는 항상 울음을 터트리곤 했다. 손을 다친 친구를 보면 마치 내 손인 것처럼 아파서 스스로 내 엄지손가락을 깨물고 있었다. 그렇게 하면 마음속 아픔이 잊혀졌다. 누군가 다친 얘기를 들으면, 귀를 막고 그 자리에서 도망쳐 커튼 한 구석에서 울었다. 분명, 유치원 선생님도 울고 있는 나를 달래주려고 했을 것이다.

손을 맞잡으면 따스하다

"울고 있다니 이상하네. 다친 건 네가 아니잖아"라며 나를 달래주
었지만 그때마다 나는 내가 어쩔 수 없는 아이라는 생각에 휩싸여
버렸다. 나는 왜, 상대방의 아픔을 내 아픔처럼 느껴버리는 것일까?
난 이상해. 난 별종인가봐…. 그 생각은 자신을 좋아하지 못하는 마
음으로 변해갔다. 그뿐 아니었다. 나는 못하는 것 투성이었다. 금방
길을 잃거나, 여러 가지 착각을 하거나, 실패하는 일 투성이었다.

이란성 쌍둥이 동생은 나보다 운동도 잘하고 여러 가지로 빈틈
이 없었다. 같은 날 태어난 쌍둥이. 그래서 비교 대상이 바로 옆에
있지만, 아버지도 어머니도 결코 나에 대해 어쩔 수 없는 아이라고
하지 않았다.

"갓코는 갓코면 된 거야. 그걸로 된 거야"라고 부모님은 내게 반
복해서 말해주었다. 항상 내 불안한 생각을 감싸주려 한 아버지와
어머니가 있었기에 나 자신에 대해 겁쟁이라 느끼지 않을 수 있었
다. 하지만 언제까지고 아버지와 어머니 품안에 있을 수 없다는 것
을 무의식 중에 알고 있었던 것 같다. 언젠가 아버지, 어머니의 품
에서 떠나게 될 것이고, 사회는 "어떤 나라도 괜찮아"라고 말해주
지 않는다는 것을 아이였을 때부터 알고 있었던 것이라 생각한다.

그럴 때 도와준 것 또한 내가 알고 싶어 했던 '우주의 약속'이

었다.

 특수학교에서 있었던 십년도 더 된 일이다. 수업 중에 발이 걸려 넘어졌다. 발가락이 너무나 아파서 견딜 수 없었다. 그 수업은 어떻게든 다 마칠 수 있었지만 아픔이 점점 커져서 울고 싶었다. 나중에 알게 되었지만 나는 그때 발가락이 골절돼 있었다. 내 상태를 보고 있던 치나츠에게 "괜찮아"라고 말하고 체육관 쪽으로 가는 모습을 배웅한 후, 교실 안에 있는 옷 갈아입을 때 쓰는 커튼 안으로 들어 갔다. 그리고 그곳에 있던 무릎담요를 머리에 덮어쓰고 무릎을 감싸 안고 울었다. 왜냐면, 어떻게 해야 할지 모를 정도로 아팠으니까.

 그리고 다음 수업이 시작되기 때문에 울던 것을 멈추고 커튼을 열었다. 그런데 그곳에는 두 눈에 눈물이 그렁그렁 맺힌 치나츠가 서 있었다. 치나츠는 나를 꺼안아주며 내 머리를 작은 손으로 몇 번이고 쓰다듬어 주었다. 치나츠는 내 발이 걱정되어 체육관에서 돌아온 것이었다. 그러고는 계속 걱정하며 한 시간 가까이나 그곳에 서 있어 주었다.

 치나츠는 입 밖으로 말을 하지 않는 학생이었다. 소리로 들리지는 않았지만 "갓코 선생님. 아프죠. 아프죠"라고 얘기해준 것이라고 생각한다. 내 아픔을 자기 일처럼 걱정해 주었던 치나츠와 어릴 적 친구가 다친 것을 보고 울었던 내 모습이 겹쳤다.

어느 해 여름, 나는 발리에 갔다. 그곳에서는 가이드인 달마와 유다를 만났다. 몸집이 아주 크고 햇빛에 그을려 강하고 의지가 될 것같은 인상의 유다는 지어진지 얼마 되지 않은 박물관으로 나를 데려갔다. 그곳에는 발리의 역사가 입체모형으로 전시되어 있었다. 총을 든 네덜란드의 병사들에게 발리 사람이 활과 화살을 들고 대항하고 있는 모형 앞에 왔을 때였다. 유다는 "이런 일은 참 괴롭고 슬퍼져요"라며 눈물을 뚝뚝 흘렸다. 몸집이 크고 강해 보이는 유다의 생각지 못한 눈물을 보고, 나도 가슴이 벅차 울어버렸다. 유다는 그때 알려주었다.

"발리에는 '당신과 나, 나와 당신'이라는 말이 있어요. 그건 '당신의 아픔은 나의 아픔, 내가 쓸쓸할 때는 당신도 쓸쓸하고 당신이 괴로울 때는 나도 괴롭다'는 의미예요. 그 외에도, 태어난 곳도 지금있는 곳도 다를지라도 서로 생각하고 있다면, 몸은 떨어져 있어도마음은 하나라는 의미도 있어요."

나는 유다에게 "난 어릴 때 누군가 다친 것을 보고 내가 너무 아파서 울어버렸던 일이 있었어요. 그런 내가 싫었어요. 발리 사람들은 그런 나를 그래도 괜찮다고 말해줄까요?"라고 물었다.

이에 유다는 "당연하죠. 갓코 씨. 상처를 입으면 모두 같은 붉은 피가 나와요. 같은 인간이죠. 이런 것처럼 고통스러운 일도 슬픈 일도 있고, 피가 난다면 모두 아파요. 한 사람 한 사람의 인간 앞에 나라나 태어난 장소 같은 건 상관없어요. 나도 갓코 씨도 모두가 형제예요. 모두 같은 인간, 붉은 피가 흐르면 모두 아프다는 것을 우리 모두가 알고 있는 거예요. 그리고 당신이 날 생각해 주었을 때, 나도 당신을 생각해요. 그러니까 갓코 씨, 내 생각을 해요. 그때, 나도 갓코 씨를 생각할게요. 그것이 '당신과 나, 나와 당신'이예요"라고 말했다.

유다는 '당신이 아프면 나도 아프다'고 생각하는 그 마음이 인간이며, 인간은 태초부터 그런 식으로 만들어져 있기 때문이라고 말해 준 것 같았다. 유다와 함께 하면서 다른 사람의 고통을 함께 느끼는 나에 대해, 그것도 조금은 괜찮다고 생각하게 되었다.

제2장

마음에 눈을 맞추고
마음에 귀를 기울여라

사람은 누구나 마음을 갖고 있다
도대체 '사람은 무엇으로부터 여러 가지를
느끼게 되는 것일까?' 하고 나는 자주 생각하곤 한다
나는 아이들을 볼 때면 그들은 우주의 사랑과 이어져 있고,
자연과 하나가 되어 있는 것이 아닐까 생각이 든다

항상 누군가에게 힘이 되고 싶다

2011년 3월 11일. 졸업식 준비를 끝내고 교무실로 돌아 왔을 때, 휴대전화가 쉬지 않고 울려대고 있었다. 확인해 보았더니 '갓코 선생님. 무사하세요?', '갓코 선생님, 괜찮으세요?'라는 문자 가 많이 와있었다. 그것이 내가 동일본 대지진을 알게 된 계기였다. 세계에서 그 누구도 경험한 적 없을 진도 9.0의 큰 지진이 발생해 지 진해일이 반복해서 쳐대고 있었던 것이다.

학교에서 집으로 돌아오는 길에 내가 좋아하고 소중하게 생각하 는 친구들의 얼굴이 계속해서 떠올랐다. 눈물이 멈추지 않아 울면 서 차를 운전했던 것을 기억한다.

지진 이후 이틀, 삼일 지났을 때쯤, 졸업생 유우코에게서 전화가 걸려왔다. "어쩐 일이야? 무슨 일 있니?" 심하게 울고 있는 목소리였기에 보통일이 아닐 것이라 생각해 물어보니 "갓코 선생님, 지진에 대한 피해를 방송해주는 TV 속 여자아이가 엄마를 부르고 있었어요. 홀로 남아 그렇게 말하고 있었어요. 춥고 배고프다고 울고 있었어요"라고 말했다.

그러고는 "저는 그 아이에게 밥을 주고 싶어요. 전 안 먹어도 되니까, 갓코 선생님, 갖다 주세요. 갓코 선생님이라면 할 수 있잖아요? 부탁이에요. 그렇게 해주세요. 저 여자아이에게 제 밥을 주세요. 저 아이가 내 밥을 먹어줬으면 좋겠어요."

유우코는 TV를 보고 울고 있었던 것이다. 나는 전화기 건너에 있는 유우코를 꽉 껴안고 싶어졌다.

나는 "유우코야, 나도 어젯밤에 슈퍼에서 먹을 것을 사서 박스에 담아서 동북지방에 있는 친구들에게 보내려고 했어. 그런데 우체국에서도, 편의점에서도 지금은 동북지방에는 물건을 보낼 수 없다고 했어. 그래서 다른 방법을 찾고 있어. 유우코의 마음은 잘 알겠어. 근데, 유우코는 제대로 밥을 먹었으면 좋겠어"라고 말했다.

그런데, 유우코는 울면서 "그렇지만 다들 못 먹고 있는데 저만 먹을 수는 없어요. 그리고 우리나라는 어떻게 되는 거예요? 우리나라는 망해버려요? 제가 할 수 있는 일이 뭐예요? 갓코 선생님, 알려주세요"라고 말했다.

나는 "우리나라는 망하지 않아. 유우코처럼 모두가 아주 따뜻한 마음을 갖고 있으니까. 모두 동북지방 사람들을 위해서 스스로 할 수 있는 게 없는지 찾고 있으니까. 그리고 있지 모두 따뜻하고 강하니까, 우리는 망하지 않아."

이렇게 유우코에게 얘기하는 사이 나도 모르게 나는 울고 있었다. 유우코에게 말함과 동시에 스스로에게도 들려주고 있었던 것이다.

"우리는 따뜻해, 우리는 강해, 그러니까 괜찮아. 꼭 더욱 더 멋진 나라가 돼서 일어설 거야. 지금, 고통과 슬픔에 빠져있는 사람들, 이 모든 사람들이 또 다시 활짝 웃을 수 있게 될 거야." 나는 전화를 끊은 후에도 반복해서 중얼거리고 있었다. 지진이 일어나고 우리 모두는 '내가 할 수 있는 일은 무엇일까' 하고 생각한 것 같다.

그전까지는 도시에 살고 있는 사람이 "옆집에 어떤 사람이 살고 있는지도 모르고 관심도 없어"라고 하는 얘기를 많이 들었다. 하지만, 지진이 일어난 후로 우리 모두는 만난 적도 없고 누군지도 모르는 피해지역 사람들을 생각했을 것이다. 유우코처럼 자신의 먹을 것이 조금 줄더라도 자신이 먹고 있는 것을 주고 싶어 했다. 어쩌면 지진으로 인해 우리들 마음속에 있었던 상대방을 생각하는 마음, '당신이 아프면 나도 아프고, 당신이 기쁘면 나도 기쁘다'는 마음의 스위치가 켜지는 계기가 되었을지도 모른다.

무라카미 카즈오 선생님은 전국에서 자주상영(自主上英, 배급회사에 의뢰하지 않고 상영하는 것)되는 〈스위치(SWITCH)〉라고 하는 다큐멘터리 영상 작품 중 우리들에게는 밀러 뉴런이라는 것이 있다고 했다. 고등동물이라 불리는 동물은 다른데서 일어나는 일을 자신의 몸에 일어나는 것처럼 머릿속에서 시뮬레이션 하는 능력을 갖고 있다고 한다. 그 역할을 다하는 밀러 뉴런은 실제로 몸을 사용해서 행동을 흉내 내는 것뿐 아니라, 단순히 상대방의 동작을 보는 것만으로도 활동한다고 한다.

눈앞의 사람이 오른 손을 올리면, 아무것도 하지 않아도 보고 있는 사람의 뇌 속에 오른 손을 올리는 부위가 활발해진다고 한다. TV에서 빌딩 위 높고 좁은 곳을 걷고 있는 영상 등을 보면 실제로 체험하고 있지 않은데도 자신의 몸이 오싹해진다. 또는 심한 상처의 영상을 보면 시선을 빼앗기는 것도 그 밀러 뉴런이 활동하기 때문인 것이다.

앞장에서 얘기한 '당신이 아프면 나도 아프다'는 생각 역시 우리들의 유전자 속에 확실히 들어있다. 유전자에 담긴 하나의 점 안에 들어있는 것이라 생각한다. 그리고 그 최초의 한 점은 모든 것이 잘 돌아가도록 배려된 '사랑'이다. 우리들 마음 속 깊은 곳에 '사랑'이 있기 때문에 우리들은 '당신이 아프면 나도 아프고, 당신이 기쁘면 나도 기쁘다'고 생각하는 것이다. 이것이 있기 때문에 우리들은 서로 도우며 의지하며 이어져서 살아갈 수 있다.

가끔 왠지 모르게 외롭고 이유 없이 눈물이 샘솟는 일도, 살다보면 있을 거라 생각한다. 누구든 나는 혼자라고 느껴지는 날도 분명히 있을 것이다.

어느 날, 슬픈 일이 있었다. 누군가가 대수롭지 않게 던진 말이 유리 조각처럼 내 가슴을 찔렀다. 그 가슴에 박힌 그 작은 유리 조각은 잘 빠지지 않아, 따끔대고 아파서 흐르는 눈물이 멈추지 않았다. 차로 돌아와 엉엉 소리내 울고 싶어진 나는 마치 우주 속에 혼자 살고 있는 것 같은 기분마저 들었다.

너무 많이 울어서 더 이상 울지 못할 정도로 울고 난 후, 지친 나머지 산 속 작은 길에 차를 세우고 잠들어버렸다. 그때 문득 치하루가 나를 껴안아줬을 때의 일, 달마와 유다의 일, 유우코의 일, 좋아했던 사람들과의 행복했던 일들이 떠올라 매우 행복한 기분이 되었다. 우리들은 결코 혼자가 아니다. 결코, 그 누구도 혼자가 아니다. 모두가 항상 하나의 생명이 되어 살고 있는 것이다. 이것을 마음속 보물처럼 간직하며 살아가고 싶다.

기도의 유전자가 있다

　　지진은 또, 우리들에게 기도에 대해서도 생각하도록 만든
것 같다. 지진이 있던 날, '함께 기도하고 싶어요'라고 쓰여 있는 많
은 메일을 받았다.

　　"작은 나무의 부러진 가지처럼 집과 차가 흘러가는 TV영상을 보
고 할말을 잃었습니다. 우리들에게 지금 당장 할 수 있는 일은 역시
기도하는 것입니다. 기도합시다."
　　"기도 많이 할게요. 어떤 곳에도 누구에게도 하느님이 지켜주시길."
　　"함께 기도하겠습니다. 지진 피해를 입은 분께서 조금이라도 마
음 편히 계시기를. 부디, 이 이상 피해가 커지지 않기를. 하느님이
모든 것을 지켜주시길."

"걱정입니다. 어쨌든 기도합니다. 오늘, 지진으로 돌아가신 분도, 어제는 꿈에도 생각하지 못했겠지요. 이런 일이 생기면, 지금 이 순간 살아있다는 것이 기적처럼 느껴집니다. 오늘 살아있는 나를 당연히 여기지 않고 열심히 살아야겠습니다. 기도하겠습니다."

일본뿐 아니라 세계 여러 곳에 있는 사람들도 '기도합시다, 마음을 하나로 모아 기도하겠습니다'라는 메일을 보내줬다. TV에서는 지진해일이 닥쳐와서 마을의 모든 것을 쓸어버리는 영상이 반복적으로 방영되고 있었다. 나도, 지금 당장 할 수 있는 것은 역시 기도하는 것이라고 느끼고 있었다. 기도하는 수밖에 없다기보다 기도는 반드시 힘을 가진다고 생각했기 때문이다.

내가 기도에 힘이 있다고 믿게 된 계기가 있다. 내 친구 중에 페루의 아마노(天野)박물관의 사무국장인 고고학자 사카네 히로시(阪根博) 씨가 말했다.

"갓코 씨, 난 유적 발굴을 하면서 정말 신기하다고 생각되는 일이 있어. 세계에 있는 아주 오래된 유적을 발굴해도, 반드시 나오는 것이 있어. 아직, 의복도 토기도 잘 곳도 발굴되지 않는 오래된 유적이라도 반드시 나오는 것, 그것은 '기도를 위한 장소'야."

나는 너무도 신기한 일이라 생각했다. 왜냐하면, '먹지 않으면 살아갈 수 없고 자지 않으면 살 수 없지만, 기도하지 않아도 살아갈 수 있는데'라고 생각했기 때문이다. 그러자 생각난 것은 네팔이나 발리, 몽골이나 이스라엘 등에 갔을 때 아침저녁으로 기도하고 하느님과 함께 살고 있는 거 같은 사람들의 모습이었다. 세계 속 사람들이 '기도하다'는 행위를 하는 이유는 무엇일까? 사카네 씨가 말했듯이 멀고 먼 옛날부터 계속해서 기도해온 이유는 무엇일까?

내 생각은 우리들 안에는 기도의 유전자가 있는 것이 아닐까 싶다. 하느님은 필요 없는 것은 만들지 않는다. 그런 전제 앞에서 기도의 유전자가 있다면 그것은 우리들에게 '기도'가 필요하기에 갖고 있는 것이 된다. 기도하는 것은 하느님과 이어지는 것이다. 기도함으로써 우리들은 마음이 편해지거나 고통스러운 마음을 이겨내거나, 혹은 하느님의 목소리가 들리기도 하는 것일지 모른다. 만약, 기도의 유전자가 있다면 우리들이 아직 단 한 개의 수정란이었을 때, 그 수정란의 유전자에 하느님과 이어지고자 하는 힘, 기도하는 힘이 쓰여 있는 것이 된다.

이스라엘에 갔을 때의 일이다. 이스라엘은 이슬람교, 그리스도교,

그리고 유태교, 이 세 가지 종교의 발상지다. 아주 푸른 하늘, 그리고 수도 예루살렘에 있는 바위 돔의 푸르고 푸른 타일을 보면서 나는 역시 이곳은 우주, 바꿔 말하면 하느님과 이어지는 곳이라고 깊이 생각했다.

예루살렘에는 '통곡의 벽'이란 곳이 있다. 그곳은 유태교에서 기도하는 장소이다. 예루살렘에 오기 전에 통곡의 벽돌 사이에 소원을 쓴 종이를 넣으면 그 소원은 반드시 이뤄진다는 얘기를 들었다. 그래서 나도 소원을 종이에 써서 가져갔다. 벽 앞에 도달하기 위해서는 많은 사람을 밀어 젖히며 지나가야만 했다. 모처럼 왔기에, 기도하고 있는 사람들 사이를 요리조리 뚫으며 점점 앞으로 나갔다. 그리고 벽까지 손을 뻗으면 어떻게든 닿을 수 있을 거리까지 갔다. 돌 사이에는 이미 많은 소원의 종이가 끼워져 있었다. 더 이상 들어갈 공간이 없을 정도였다. 그렇지만 벽에 소원의 종이를 끼워 넣은 후, 기도하고 있는 수많은 사람들의 파도에 휩싸였다.

어떤 사람은 한쪽 다리를 앞으로 내밀고, 반대쪽 다리를 뒤로 빼고 몸을 앞뒤로 계속 흔들면서 기도하고 있었다. 어떤 사람은 양 다리를 모아서 몸을 앞뒤로 흔들며 기도하고 있었다. 눈을 감고 몸을 흔들면서 눈물을 흘리는 사람도 있었다. 그때, 신기한 일이 일어났다. 제각각의 흔들림이 한 개의 물결이 되어, 그 물결에 내가 싸이는 느낌이 들었다. 그것은 내 몸이 녹아서 우주와 하나가 되는 감각과 같은 것이기도 했다. 그리고 그때, 빛이 내 마음속에 들어오는 것처럼 '이제 알겠다'고 말하는 것 같았다. 그러자 아주 행복한 기분이 들어 눈물이 멈추지 않았다. 나는 이 흔들림을 알고 있다. 이 흔들림은, 자폐증이라 불리는 아이들이 흔들거리는 모습과 같은 것이었다.

내가 좋아하는 아이들은 자주 몸을 흔든다. 계속 흔들기만 하는 것이 아니라 계속 뛰거나, 계속 돌기도 한다. 타케는 내 눈앞에서 흔들고 있는 사람들처럼 한쪽 다리를 한 발짝 앞으로 내밀고 계속 몸을 흔든다. 아주 행복하게 흔든다. 또한 타케는 반복해서 높이 점프를 하기도 한다. 그 모습은 마사이족 사람들이 점프하며 기도하는 모습과 꼭 닮았다.

카나는 손수건의 중심을 잘 잡아서 손수건을 빙글빙글 계속 돌린다. 카나의 모습은 네팔이나 티벳 사람들이 마니차(불교 경전을 넣어 놓는 경통으로 티벳 민중의 신앙도구)를 돌리면서 기도하는 모습과 닮았다고 생각했다.

그리고 아이는 치마가 둥근 그릇 모양이 되도록 빙글빙글 잘 돈다. 그 모습은 터키의 메블라나교의 발자취를 생각나게 한다. 메블

라나교는 이슬람교의 바탕이 되었는데 일본에서는 이슬람교를 '도는 종교'라는 한자로 '회교(回敎)'라고 한다.

유키는 반복해서 손가락을 꼽으며 무언가를 읊조리듯 세기도 한다. 네팔에서도, 일본에서도, 이스라엘에서도, 염주나 십자가의 알을 세면서 기도하는 모습을 봤다.

'아, 아이들은 기도하고 있었던 것인가'라는 생각이 들었다. 그것은 아주 기쁜 일이었다.

몸을 흔들거나, 손을 팔락대거나, 물건을 돌리거나, 스스로 도는 등의 아이들의 반복적 동작은 '상동행동'이라고 불린다. 때때로 이 행동은 그다지 좋게 보이지 않기도 한다. '공부 같은 것에 집중하는 데 방해되지 않나?'라든지, 반복 행동을 함으로써 다른 아이들과 다르다고 생각될 수 있기 때문에 그런 행동을 저지하는 사람들도 있을 것이다. 하지만 아이들은 몸을 흔들거나 뛰어 오르거나 도는 것을 통해 기분이 안정되고, 즐거워진다는 것을 알기 때문에 같은 행동을 반복하는 것이 아닐까? 내가 좋아하는 아이들의 이런 행동에는 역시 의미가 있었던 것이구나 하는 생각에 아주 행복했다. 일본에 돌아와서 알아보니, 자폐증 아이들이 몸을 흔들고 있을 때에는 원시뇌(原始腦)가 활발해진다고 한다. 그리고 역시 '기도'에도 같은 작용이 있다는 것을 알았다. 또한 북을 두드리거나, 노래를 부르거나, 춤을 출 때도 원시뇌가 활발해진다고 한다.

선향 등의 냄새를 맡거나, 신구(神具)인 종소리를 들었을 때, 그리고 러너스 하이(Runner's High)나 크라이머스 하이(Climber's High), 임사체험(臨死体驗), 또는 마약 등을 사용했을 때에도 뇌의 동일 부분이 활발해진다고 한다. 또한 명상 등을 해서 대뇌신피질이 잠잠해지는 것 역시도 원시뇌의 움직임이 활발해져 그 힘이 발휘된다는 것이 밝혀져 있다. 그러고 보면 교회에서 노래를 부르고, 선향을 피우고, 종을 울리는 것은 세계 어디에서도 행해지는 것 같다. 또, 불교의 '오체투지(양쪽 무릎과 양팔을 땅에 대고 손을 모아 머리를 땅에 닿도록 절함)'라는 기도방법도, 이슬람교에서 하늘에 양손을 벌린 후 몸을 바닥에 비비듯이 하며 기도하는 것도, 4개국 순례나 메카로의 순례 등도 모두 반복 동작을 계속함으로써 우리들 뇌 속 원시능이 활발해져 하느님과 쉽게 이어지게 하는 것 같다.

하느님은 우리 몸속에 이어지는 부분을 마련해두고 기도하는 법을 유전자 속에 써둔 것이 틀림없다. '기도'라는 것이 실로 큰 힘으로 작용해 '하느님'과 이어지는 것이다. 더욱이, 두 손을 모으고, 눈을 감고, 머리를 숙이는 것만으로 우리들의 원시뇌는 활발해진다고 한다.

감사를 전할 때 두 손을 모으는 것도, 눈을 감는 것도, 인사할 때 머리를 숙이는 것도 무의식적으로 하는 것 같지만, 역시 큰 의미가 있는 것이다. 또, 아기를 안아서 흔들어주는 것도, 몸을 '토닥토닥' 하는 것도 역시 비슷한 효과가 있는 것 같다. 일상적으로 기도하는 일이 줄어든 일본 사람들이지만 하느님은 기도하는 것을 잊고 있는 우리들과도 잘 이어지도록 해주심이 틀림없다. 나는 제3장에서 나오는 내 친구가 아주 큰 병으로 쓰러졌을 때, 거기서 세 달 전 설날의 첫 참배에서 뽑은 운세 내용에서 많은 도움을 받았다.

그 운세에는 "기도하라, 기도하면 도움을 주신다. 하느님의 마음은 부모의 마음이다. 아이를 생각하는 부모 마음만큼 간절한 것은 없다. 그 간절한 부모의 마음이 곧 하느님이 우리들을 생각하시는 거룩한 마음이시다. 어머니의 젖가슴에 매달리는 갓난아기의 마음이 되어 하느님께 매달려라. 분명히 도와주신다. 구해주신다. 하느님을 의심하는 것은 절대 금물이다"라고 써있었다. 그 운세 내용을 기억해내, 친구를 도와주세요라고 기도한다면 하느님과 이어져서 반드시 내 기도를 들어주실 것이라는 생각이 들었다.

하지만, 반년 후, 후쿠오카(福岡)의 다자이후에서 뽑은 운세에는 "만약에 마음만 맑고 정성껏 살아간다면 빌지 않아도 신은 꼭 당신을 지켜주리라"라는 스가와라 미치자네[菅原道真, 헤이안 시대에 활동한 학자·시인·정치가로서 일본에서 학문의 신(天神)으로 추앙받는 인물-역주]의 말씀이 써 있었다. 기도하는 것을 통해 우리는 하느님과 잘 이어질 수 있지만, 그러나 그렇지 않았다고 해도 우리는 항상 보호받으며 살아가고 있으며 우리도 모르는 사이에 하느님의 그런 큰 힘에 무의식적으로 이어지는 것일지도 모른다.

이처럼 무의식적으로 생각하는 경우가 있다. 우리는 누군가 소중한 사람에 대해 생각한다. 무언가 구체적인 것이 아닌, 그 사람에 대해, '어떻게 살고 있는가', 혹은 '건강하게 있을까'라고 무심코 생각했을 때, 명상처럼 대뇌신피질의 움직임이 억눌리고 원시뇌의 움직임이 앞으로 나와 그때의 뇌는 두 손을 모아 기도하는 것과 같은 상태가 된다고 한다.

나는 어릴 때부터 밤에 잠들 때 바다에 왔다가 돌아가는 파도를 생각하거나, 그저 가만히 푸른색에 대해 생각하는 것 또한 지금은 이어지려는 힘에 의한 것이었다고 생각한다. 왔다가 돌아가는 파도

를 생각하는 것은 반복 동작으로 원시뇌를 활발히 하고 푸른색에
대해 생각하는 것은 아마 대뇌신피질을 평정해서 원시뇌의 움직임
이 떠오르는 효과가 있는 것이라 생각한다. 우리들이 모르는 사이
에 하는 행위에는 아주 큰 의미가 있는 것이다. 우리들은 항상 하느
님과 이어지면서 살고 있다.

이것을 생각하며 지은 시가 있다.

당신을 생각한다

당신에 대해 생각한다 그저 생각한다
그것만으로 내 마음에 하나 작은 꽃이 핀다
어쩌고 있을까? 울고 있지는 않을까?
곤란해 할까? 외롭지는 않을까?
당신을 생각한다 당신을 생각한다 당신을 생각한다
당신에 대해 생각한다 그저 생각한다
그것만으로 내 마음에 하나 작은 별이 빛난다
하늘을 봐도, 바다를 봐도, 달을 봐도, 꽃을 봐도,

당신을 생각한다 당신을 생각한다 당신을 생각한다
당신이 웃고 있기를, 행복하기를…
당신을 생각한다 당신을 생각한다 당신을 생각한다 언제까지나…

유전자에는 사랑이 들어있다

어느 날의 일이다. 첫 수업이 시작되기 전에 나처럼 벌레나 식물을 아주 좋아하는 사토미가 "갓코 선생님, 잠깐 이리 와보세요"라며 온실로 불렀다. 온실의 야자나무에는 벌이 벌집을 만들어내고 있었다. "무서우니까 없애고 싶지만, 관찰하고 싶어요"라고 사토미가 말했다. 보통은 학교에서 벌집을 발견하면 위험하기 때문에 없애겠지만, 관찰하고 싶다니⋯. 나는 이 일의 결정을 나중으로 미뤘다.

첫 수업이 끝난 후, 온실로 간 나는 깜짝 놀랐다. 멋진 호리병 모양의 벌집이 만들어져 있었다. 단 45분의 수업시간 사이에, 마치 녹로를 사용해 만든 것 같은 아주 훌륭한 호리병 모양의 벌집이었다. "대단한 장인이에요. 순식간에 만들어버렸어요"라고 사토미가 알려주었다. 두 번째 수업시간인 과학 수업 때 인터넷에서 호리병벌에 대해 알아봤다. 그러다가 놀라운 점을 발견했다. 호리병벌은 자신이 살기 위해서가 아닌 아기 벌들을 위해 집을 짓는다는 내용이었다.

호리병벌의 유충은 태어나기 전에 이미 어미 벌에 의해 벌집에 넣어진 나방의 유충을 먹고 자라기 때문에 따로 엄마 벌과 만나지 않는다. 그러니까 이렇게 멋지고 훌륭한 호리병 모양의 벌집을 만드는 방법은 누구에게서도 배우지 못한다. 배우지 않아도 '알고 있기에' 할 수 있다. 꼼꼼하게 벌집을 만들어서 태어나게 될 아이의 먹이로써 나방의 유충을 많이 가져와 벌집 속에 넣고 거기에 뚜껑을 덮는다. 아마도 개미 같은 외부의 적이 들어가지 못하도록 최초의 호리병벌 유전자 속에 입력되어 있는 것 같다.

호리병벌은 해야 할 일과 그 방법을 누군가에게서 배우지 않아도 태어났을 때부터 알고 있는 것이다. 그리고 우리 인간도 마찬가지로 스스로 모르는 사이에 자신의 유전자에 담겨진 사랑을 알고 있는 것이다. 아마도 그것이 원시뇌를 활발히 만들어 하느님과 이어지게 하는 것 같다. 학교의 호리병벌도 벌집을 만든 후, 부지런히 나비나 나방의 유충을 그 안에 옮기기 시작했다.

벌집 안을 들여다보니, 큰 녹색 애벌레가 들어있었다. 그 애벌레도 살기위해 필사적인 것 같았다. 도망치려 했는지 벌집에서 몸이 반쯤 나와 있었다. 사토미는 그것을 보고 그 애벌레를 살려주고 싶다고 말했다.

"갓코 선생님, 이거 살려줘도 돼요?"

사토미가 이렇게 물은 이유는 나도 사토미와 같은 생각을 한 것을 알지 않았을까? 가능한 자연의 일에 사람의 손을 대서는 안 된다. 왜냐하면, 그 모습 그대로가 가장 좋은 방식으로 되어있는 것이기 때문이다. 그리고 푸른 애벌레를 살려준다고 해도, 벌이 어디에서 이 애벌레를 가져온 것인지, 이 애벌레가 가장 좋아하는 먹이가 어디에 있는지 모른다. 하지만, 사토미에게는 눈앞에서 벌집 밖으로 몸을 내밀고 있는 유충을 도저히 그대로 둘 수 없다는 따뜻한 마음이 있었다. 이런 마음도 하느님이 사토미에게 준 것이다. 큰 자연 파괴는 절대로 해서는 안 되지만, 하느님께서는 지금 이 애벌레를 구하는 것을 괜찮다고 하실 것 같았다.

한편으로 나는 잡힌 애벌레는 불쌍할지 모르지만, 엄마 벌의 세포 속 유전자에서 끓어오르는 아이에 대한 사랑을 느낄 수 있었다.

갑자기 가슴이 뭉클해졌다. 곤충이나 동물은 아마도 우리들보다 큰 힘을 가져 우주와 이어지는 것을 아주 잘하는 것 같다. 어느 TV에서 보름달이 뜨는 날 복어와 게가 일제히 산란하는 모습이 방영되고 있었다. 복어는 보름달이 뜨면 수면이 까맣게 될 만큼 파도가 치는 곳에 다 모여들어 한꺼번에 산란을 시작한다고 한다. 왜 보름달이 뜨는 밤 한꺼번에 산란을 하는 것일까?

복어도 게도 자신의 의지와 상관없이 자연스럽게 그 순간 알을 낳게 되는 것이겠지만, 그것이 자신의 힘이 미치지 않는 곳에서 무엇인지는 모르지만 커다란 마음에 안기듯 산란을 시작하는 것, 이것도 아주 신기한 일이나.

많은 알이 한꺼번에 태어남으로써 그 알을 노리고 있는 새나 다른 물고기가 아무리 많은 알을 먹더라도 다음 세대로 자손을 충분히 남길 수 있을 만큼의 알이 남는다. 우연이라고 생각하기에는 어려울 것 같다.

학교 과학 수업에서도 이 이야기를 한다. 교실에 명란 삶은 것을 가져갔다. 다루기 쉽고 나중에 먹을 수 있기 때문이다. 아이들에게 "도대체, 명란은 알이 몇 개나 있을까요?"라고 물었다. 그러자 "세 보면 알아요"라는 대답이 들려온다. 그중 "엄청나게 많은 숫자가 될 테니까 전부 세는 것은 힘들어요"라는 의견도 나왔다. 그때, 타카시가 "10g만 재서 그 안에 몇 개 있는지 세보면 전체의 무게를 쟀을 때 전체의 수를 대략 알 수 있지 않을까요?"라고 말했다.

그렇게 실제로 세보니 엄청난 수의 알이 산란되는 것을 알 수 있었다. "와. 이렇게 많이 태어나서 크는 건가?"라고 묻자, 아이들은 "그렇게 되면 바다 속이 대구 천지가 돼서 다른 물고기들이 곤란해져요. 아마도 어른 대구가 되는 건 좀 더 적을 거예요"라고 알려줬다. "도대체 몇 마리가 남으면, 전체적으로 대구의 수가 늘거나 줄지 않을까?" 아이들은 그건 어른 대구의 숫자라는 결론을 내리게 된다. 그리고 남은 알은 다른 생명체가 살기 위해 아주 필요한 것이라는 것을 느끼게 된다. 먹힐 것을 전제로 해서 많은 수의 알이 나오기 때문에 모두가 먹히는 일이 없도록 되어있다.

보름달이 뜬 날에 복어가 알을 낳으려는 것과 호리병벌이 호리병 모양의 벌집을 만들고 싶어하는 것은 그 종이나 그 개체가 잘 돌아가기만을 위한 게 아니라 우주 전체가 가장 좋은 상태가 되기 위한 것이 틀림없다.

학교에는 유채꽃과 양배추밭이 있다. 배추흰나비는 양배추나 유채꽃에 알을 낳는다. 호랑나비는 귤이나 산초나무에 알을 낳는다.

나비나 나방 모두가 같은 양배추에만 알을 낳지 않고, 낳는 곳이나 먹는 부분을 서로 구분한다. 그래서 나비와 나방 모두가 함께 살아남을 수 있는 게 아닐까?

그것도 아마 커다란 힘, 우주의 사랑일까? 우리들의 유전자 속에도 하느님이나 우주와 이어지는 힘을 갖고 있어서 그 큰 사랑에 항상 감싸져 살아갈 수 있는 것이라고 생각되자 나는 너무 행복해진다.

여러 가지 빗소리

아이들은 우리들보다 훨씬 더 우주와 이어지는 것을 잘한다고 느낀 적이 있다. 프롤로그에서도 소개한 다이와 나는 벌써 15년 전에 만났다. 당시에 다이는 중학교 1학년이었다. 처음에 다이는 나와 눈을 마주치려고도 하지 않았다. 다이가 입 속에서 중얼대고 있는 말의 내용도 잘 알지 못했다. 다이에게 "오늘이 무슨 요일이지?"라고 물어도 돌아오는 대답은 "저는 카레라이스 먹었어요" 또는 "저는 개가 무서워요"라는 말이었다. 나는 어떻게든 다이와 서로 알아가고 싶다고 생각했지만, 다이와 대화하는 것은 쉬운 일이 아니었다. 그때 나는 아직 다이가 '친하지 않은 사람의 말'을 마음속에 새기지 않는다는 것을 느끼지 못했다.

나는 다이가 말을 이해하는 것을 어려워한다고 생각했다. 그래서 다이와 장기간 초등학교 1학년이 사용하는 수준의 히라가나만으로 된(한자는 적히지 않은 쉬운) 교과서로 공부했었다. 다이는 매일 원고용지에 엄청난 속도록 무언가를 쓰고 있었다. 하지만 그 글자는 아무도 읽을 수 없었다. 다이는 쓰는 것을 '집필활동'이라 불렀지만 우리들은 다이는 그저 원고용지의 칸을 메우고 싶은 것이라 생각하고 그 행동을 그다지 중요하게 생각하지 않았다.

다이에게 있어서 그것이 얼마나 큰 의미인지를 모른 채, 날씨가 좋은 날에는 다이에게 "다이야, 집필활동만 하고 있지 말고 밖에서 놀자"라든지 수업이 시작되면 "집필활동은 이제 그만하고 공부합시다"라고 말했던 것 같다.

그러던 어느 날, 나는 기계를 좋아하는 다이가 좋아할까 싶어서 워드 프로세서를 갖고 학교에 갔다. 그러자 다이는 누군가에게 배운 것도 아닌데 사용법을 금방 익혔는지 다루기 시작했다. 처음에 넣은 문자는 같은 반 친구인 '얏'의 이름이었다. 다이는 얏의 이름인 '미나미가와 야스노리'라는 문자를 입력했다.

'미나미가와(南川)'는 한자로 변환하면 금방 나오지만 야스노리

(泰範)의 '태(泰)'라는 한자는 잘 찾아지지 않는다. 어떻게 하려나 했더니 놀랍게도 다이는 '가안태(お家安泰, 집안태평무사라는 뜻)'라는 단어를 입력해서 '태(泰)'라는 한자만 남겼다. 다이는 야스노리의 한자 중 '태(泰)'라는 글자가 '야스'라고도 읽지만 '다이'라고도 읽어서 그것이 '가안태(お家安泰)'의 '다이'라는 것과 그 의미도 전부 알고 있었던 것이구나 하고 생각했다. 나는 계속 히라가나만으로 편찬된 교과서를 사용했던 자신이 부끄러워졌다.

아무것도 모르던 나를 다이는 한 번도 비난하거나 하지 않았다. 다이는 그 후로 집게손가락 하나만을 사용해 엄청난 스피드로 문장을 입력하기 시작했다. 그것을 통해 '집필활동'으로 다이가 뭔가를 쓰고 있었다는 것을 처음 알았다. 그것은 당시에 유행했던 TV 애니메이션인 〈드래곤볼 Z〉의 각본을 다이가 스스로 생각해서 쓴 것이었다.

내가 "다이야, 대단하다, 대단해. 이런 걸 생각해서 쓰고 있었구나"라고 말하자 다이는 아주 기뻐하는 것 같았다. 다이는 거기서 처음으로 "글자는 마음을 전할 수 있다"는 것을 알게 되었던 것 같다. 그때까지는 자신만 읽을 수 있는 글자를 쓰고 있었는데, 그 후로는 다른 사람들이 읽을 수 있는 글자를 쓰게 되었다. 사람은 정말로 필요하다고 느꼈을 때 비로소 말이나 문자를 자신의 표현수단으로 사용하는 것 같다. 나는 아이들이 정말 필요하다고 느낄 수 있도록 국어나 산수 공부를 하게 했을까?

비가 오는 계절이 되면, 나는 어느 날 다이와 했던 대화가 생각난다. 어느 비오는 날, 초등학교 문제집을 쭉 넘기는 중이었다. "비는 (   ) 내린다, 눈은 (   ) 내린다, 바람은 (   ) 분다"에서 (   ) 안에 '산들산들', '씽씽', '주룩주룩' 중 단어를 골라 바르게 넣으라는 문제가 눈에 띄었다.

나는 다이에게 "비올 때, 어떤 소리가 나는 것 같니?"라고 물었다. 그러자 다이는 "저쪽 비요 이쪽 비요, 그쪽 비요?"라고 대답했다. 나는 아주 많이 놀랐다. 아, 정말 그랬다. 비가 흙 위에 떨어졌을 때, 콘크리트 위에 떨어졌을 때, 나뭇잎 위에 떨어졌을 때, 모두 다른 소리가 난다. 이제 막 내리기 시작한 비와 마구 퍼붓고 있는 비 또한 소리가 다르다. 나는 그런 당연한 것을 완전히 잊고 있었다. 다이는 이런 시를 만들었다.

저쪽에서 지면에 부딪히고, 이쪽에서 지면에 부딪히고,
부딪히는 소리가 많아서 비의 소리는 마음이 무거워

"비라는 건 (주룩주룩) 내리는 거예요. 바람은 (산들산들) 부는 거예요."라고 아이들에게 강요하는 것은 너무나도 부질없는 일이다.

이전에 근무했던 초등학교에서는 이런 일이 있었다. 5학년 남자 아이 중에 시를 쓰거나 책을 읽는 것을 그다지 잘 못하는 아이가 있었다. 과학 시간에 식물의 생장을 확인하는 학습을 위해 밖에 나갔다. 그러자, 이 아이의 손에 배추흰나비가 앉았다. 몸이 움직이지 않도록 집중하고 있는 이 아이와 그 아이 손에 앉은 나비를 보고 나는 교실에 돌아가자고 말하려던 것을 멈추고 가만히 그 모습을 보고 있었다. 남자 아이는 그런 나를 알아차리고 손을 살포시 위로 올렸다. 배추흰나비는 신경이 쓰였는지 촉각을 곤두세워 금방 훨훨 날아가 버렸다. 그 후 국어 수업 때 시를 만드는 시간이 있었다. 남자 아이가 만든 시는 아주 짧은 시였다.

나아~비 타타 날아가다

이뿐인 시였다.
하지만 이 말 속에는 이 남자 아이가 바라보는 따뜻한 시선과 자연을 보고 포인트를 잡아내는 훌륭함 같은 것이 이 짧은 말 속에 녹아들어 있는 것 같았다. 나는 감동을 받아 이 시를 액자에 넣어서 복도에 걸었는데 "왜 저 시를 걸어둬요?", "왜 고치지 않은 채로 걸어둬요?", "다른 아이에게도, 저 아이에게도 이건 좋지 않아요"라는 식의 의견이 있었다. 하지만 나는 그렇게 생각하지 않았다. 결국 모두의 앞에서 내가 남자 아이의 시에 얼마나 감동했는지, 그리고 나는 이 시가 너무너무 좋다고 말해버렸다.

남자 아이가 눈을 반짝반짝 빛내며 나를 보고 웃어준 것이 정말 기뻤다. 여러 가지 다른 의견이 있을 수 있다. '나아~비'는 틀린 것이고 '나비'라고 써야한다는 의견이 있을 수 있다. '타타'에서는 무엇을 표현하는 것인지 모른다는 의견이 있을지도 모르겠다. 하지만, 나는 다이나 아이들과 만나고 나서, 내가 좋다고 생각하는 것에 모든 것을 맞추려 하는 것이 어딘지 틀린 것 같은 생각이 들었다.

사람은 누구라도 무언가를 느낄 수 있다. 도대체 사람은 어디에서 여러 가지를 느끼는가 하고 자주 생각한다. 머리인가? 마음인가? 그것도 아니면 세포인가? 그렇게 해서 느끼거나 생각하거나, 상대에 대해 생각해서 하는 말은 정말로 존경스럽다고 생각한다.

내게는 아이들이 느끼는 마음은 우주의 사랑과 이어져서 자연과 하나가 되어있는 것처럼 느껴진다. 그리고 그 마음은 사실 아이들만 가지는 것이 아니라고 생각한다. 우리들 또한 그 사랑에 이어지며 살고 있고, 마음의 눈과 귀를 기울이면 느낄 수 있는 것이라 생각한다.

존재의 이유

　　내가 우주의 커다란 힘에 대해 생각할 때에는 언제나 컴퓨터나 핸드폰의 구조에 대해 생각한다. 디지털의 세계는 '1'과 '0', 두 개의 기호로 되어있다. 이 암호를 읽어서 컴퓨터나 핸드폰과 같은 재생장치로 재생한 것이 문자나 사진, 음악, 동영상 등이 되어 화면에 나타나는 것이다. 반면, 우리들을 구성하는 것은 유전자 정보를 전하는 DNA다. 이는 'A'와 'T'와 'C'와 'G'라는 4개의 유전자 암호로 나열되어 있다. 2개, 4개로 개수는 다르지만 나는 이 두 가지가 닮았다고 생각한다. 핸드폰으로 찍은 사진은 핸드폰에서 다른 핸드폰으로, 마치 하늘을 날듯 전송할 수 있다.

　이시카와(石川)에 살고 있는 내가 도쿄에 있는 친구들에게 사진을 첨부해 문자를 보냈다고 하자. 그 암호가 하늘을 날아 도쿄에 있는 친구들에게 가는 도중에 누군가가 내 사진이 하늘을 나는 것을 붙잡아 손을 펴보면, 그곳에는 무엇이 있을까?

1과 0으로 만든 정보는 눈에도 보이지 않고, 무게도 없는 것으로 되어있기 때문에 눈으로는 뭔가가 보이지는 않을 것이다. 그 정보는 친구들의 핸드폰에 도달해서 처음 그 재생장치에 의해 내가 보낸 사진을 볼 수 있는 것이다. 이처럼, 디지털로 만들어진 데이터는 눈에도 보이지 않고 무게도 없다.

디지털 데이터와 마찬가지로 우리들도 '설계도의 재생'에 의해 존재하는 것은 아닌가 하고 생각한다. 처음 한 개의 점에서 펼쳐져 우주에 빈틈없이 채워진 도트(점)가 설계도대로 'ON'이 되거나 'OFF'가 되서 '나'나, '하늘'이나 '꽃'이 재생되고 있는 것은 아닐까 생각했다. 무라카미 카즈오(村上和雄) 선생님의 말씀에 따르면, 지구상의 모든 유전자 암호를 모아도, 쌀 한 톨 정도의 무게밖에 되지 않는다고 한다. 하지만 한 개의 유전자 암호에는 1,000페이지 백과사전 3,200권 분량의 정보량이 들어있다고 한다. 아마도 쌀 한 톨의 무게라는 것이 유전자 암호가 들어 있는 디스크의 무게인 것이라고 나는 생각한다.

우리들이 여기 존재하고 있는 이유는 암호가 들어 있는 디스크의 정보에 'ON'과 'OFF'의 스위치가 들어가면서 재생되고 있기 때문이다. 핸드폰이나 컴퓨터의 화면에 의해 디지털 정보가 재생되고 있는 것처럼, 원점을 찾아보면 모든 것은 무게도 없고 눈에도 보이지 않는 것으로 되어있는 것일지 모른다는 생각이 든다. 디지털로 만들어진 것은 '1'과 '0' 두개의 암호로 되어있지만, 우리들은 'A'와 'T'와 'C'와 'G'라는 네 개의 유전자 암호로 되어있다. 우주는 도대체 몇 개의 어떤 암호로 모든 것을 만들어 내는지 생각만 해도 즐겁다.

모든 것을 만들고 있는 것은 사실은 눈에도 보이지 않고 무게도 없는 것으로 되어 있고 그것이 재생되고 있는 것이라고 생각했을 때, 나는《반야심경》에 있는 말이 생각났다. "색즉시공(色卽是空), 공즉시색(空卽是色)."

이 말은《반야심경》중에 내가 유일하게 알고 있었던 말이다. 이 세상에 존재하는 모든 것은 공(空)으로 되어 있고, 공(空)은 모든 것을 만들고 있다는 의미다. 이 말은 모든 것이 무게도 없고 눈에 보이지 않는 것으로 만들어져 있다는 의미를 표현한다. '공(空)'은 '아무것도 없다'는 이미지가 있다. 그러므로 으레 '무의 경지' 또는 '득도의 경지'라고 생각하곤 하지만, 나는 그렇지 않다고 생각한다.

'눈에도 보이지 않고 무게도 없다'는 상태를 '공(空)'이라는 단어로 표현하면서 실제로는 아무것도 없는 것이 아니라 '공(空)'이라는 것이 존재한다고 생각한다. 그리고 '공(空)'이란, 모든 것이 잘 돌아가도록 하기위해 만들어진 하느님의 넘치는 사랑의 마음이 담겨진 '우주의 설계도'를 말하는 것 같다.

'색즉시공 공즉시색'의 '공(空)'을 '설계도'라는 단어로 고쳐보자. "모든 것은 설계도로 되어있고, 설계도는 모든 것을 만들고 있다."

제1장에서 쓴 《신약성경》의 '태초에 말씀이 있었다'의 '말씀'과 같은 의미라고 생각한다.

"태초에 설계도가 있었다…. 만물이 그(설계도)로 말미암아 지은 바 되었으니 지은 것이 하나도 그(설계도)가 없이는 된 것이 없느니라"와 비교해 보면 정말 깜짝 놀랄 만큼 비슷하다.

《반야심경》과 《신약성경》에 써 있는 것이 비슷하다는 것을 알고서 나는 아주 기뻤다. 《반야심경》은 부처라는 사람이 대자연을 보고, 우주가 어떤 식으로 이뤄지고 어떤 규칙으로 되어 있는지를 나타낸 것이라 한다.

어쩌면 부처는 기도하거나 명상하면서 확실하게 우주와 이어지면서 우주의 구조 같은 것을 알게 된 것은 아닐까. 그리고, 어쩌면 《반야심경》 안에도 내가 어릴 적부터 느낀 모든 것은 언젠가의 좋은 날을 위해 만들어졌기 때문에 모두 소중하고 안전하다는 것이 써 있는 것은 아닐까. 그래서 나는 《반야심경》을 해설해보기로 했다.

해설하려고 했을 때, 《반야심경》에서 잘 모르겠다고 느낀 부분이 두 군데 있었다.

첫 번째는 '삼세의 제불'이다. 여기서, 이 책에 대해 잘 아는 사람에게 물었더니 그분은 "갓코 씨, 이 부분이 알고 싶어? 이 부분은 아주 어려우니까, 갓코 씨에게는 무리야"라고 말했다. 무리라고 해도 알고 싶었다. 그렇게 말하지 말고 알려달라고 했더니 "이 부분은 삼장법사가 인도에서 경을 받아왔을 때, 어려워서 이해를 못한 대목이기 때문에 산스크리트어(고대 인도어의 문장어)의 소리나는 대로 글자를 옮겼다고 전해지고 있어. 그러니까 어려운거야. 그래도, 삼세라고 하는 건 과거, 현재, 미래를 말해. 이 세 가지를 바라봤을 때, 뭔가를 깨달았다고 써 있는데 도대체 무엇을 알게 된 걸까"라고 얘기해줬다.

아무리 어려워도 모르는 것은 꼭 알아야 하는 것이 내 버릇이다. 욕조에 들어가 창 밖 하늘을 보면서 멍하니 생각하고 있었을 때, 문득 무언가가 떠올랐다. 부처가 말한 '뭔가'란, 틀림없이 이것이라고 생각한 것이 있다. 과거와 현재와 미래를 바라보며 알게 되는 것은 역시 '어떤 일이든 언젠가의 좋은 날을 위해 존재한다는 것이 아닐까'라는 것이다. 과거에 여러 고통스러운 일도 있었지만 그것이 정말로 언젠가의 좋은 날을 위해 존재했던 것인지는 아닌지 전부를 보지 않으면 알 수 없다고 생각했다. 부처는 과거, 현재, 미래 모두를 바라보고 처음으로 아, 역시 이 모든 것은 언젠가의 좋은 날을 위해 존재한다는 것을 깨달은 것이 아닐까?

물론, 삼장법사나 훌륭한 스님이 모를만한 것을 나 정도가 이해할 수 없을 것이다. 하지만, 내 "어째서"인 내 버릇은 나만 납득하면 앞으로 나아갈 수 있다. 거기서, 이걸로 되었다고 생각했다. 그 다음에 고민한 것은 '주(呪)'라는 글자의 의미였다.《반야심경》후반에는 '주(呪)'라는 글자가 여섯 번이나 나온다. '저주하다'라니 무섭다.

어떤 의미인가 하고 궁금해져《반야심경》을 잘 아는 그 사람에게 다시 물었다. 그러자, "주(呪)는 '저주하다'의 의미가 아니라, 반복한다는 의미로 불교에서는 주문이라고 하지. 반복하는 걸 말해. 그리고 시대신주(是大神呪) 시대명주(是大明呪)'라 해서 '주(呪)는 가장 중요한, 가장 확실히 중요한 것이다'라고 써 있는데, 이 부분 역시 뭔지 잘 모르는 부분이야"라고 알려주었다. 나는 '가장 중요한 것', '가장 알고 싶은 것'이 뭘까 고민했다.

사람들이 매달리듯《반야심경》을 읽으면서 가장 알고 싶은 것은 '자신이 앞으로 어떻게 하면 좋을지, 어떻게 하면 득도할 수 있을지, 어떻게 하면 구원받을 수 있을까'라는 부분이다. 그러니까, 그것에 대해 쓴 것이 아닐까 하고 생각했다. 그리고 '주(呪)'는 반복이라는 의미였는데, '반복'에는 짚이는 부분이 있었다. 우리들 중에는 하느님과 이어지는 방법이 확실히 있다. 이스라엘의 통곡의 벽 앞에서 사람들이 몸을 흔들고 있었듯이. "몸을 흔들거나, 돌거나, 기도하거나, 두 손을 모으거나, 생각하거나를 반복함으로써 하느님이나 부처님과 같은 커다란 힘은 반드시 우리들과 이어져서 항상 지켜줄 것이다. 지금 어떻게 하면 좋을지에 대해서도 알려줄거야"라는 것이 써 있을 것이라 생각했다. 다음은 나 나름대로《반야심경》을 해석해서 만든 '우주의 약속'이라는 시다.

우주의 약속

자신의 신체 그 깊숙이에
분명히 분명히 앉아있는
커다란 우주의 약속이
언제나 언제나 속삭이고 있다

언젠가 좋은 날의 내일을 위해
언제나 언제나 속삭이고 있다

잊지말아줘
중요한 것은
마음의 눈과 마음의 귀를 기울이는 일
그리고 자신을 믿는 것

옛날 옛날의 일이었다.
마음의 눈과 마음의 귀를 기울인 어떤 사람이
우주의 약속과 이어져서
진실을 깨달았다

모든 것은 어떤 것이든 모두 그 약속에 의해 만들어져 있다

약속은 눈에도 보이지 않고, 무게도 없고
있는지 없는지 모르지만
그래도 우주의 모든 것이 이 약속에 의해 만들어져 있다

'좋은 걸 알게 돼버렸어' 라고 그 사람은
괴로워하지 않아도 되는구나
고민하지 않아도 되는구나
너무도 기뻤다

우주에 흩어져 있는
많은 알갱이들은
약속 앞에 나타나서
바다를 만들고, 산을 만들고, 꽃을 만들고,
사람을 만든다

약속은 눈에도 보이지 않고, 무게도 갖고 있지 않지만
바람을 불게 하고, 비를 내리게 하고, 때로는 별을 반짝이게 한다

어떤 이와 어떤 이를 만나게 하고,
어떤 이와 무언가를 만나게 하고,
눈물이나 미소를 만들어낸다

나와 당신, 당신과 꽃, 꽃과 돌멩이
모두 같다
같은 것으로 만들어져 있다
다른 것은
누구든 갖고 있는 약속의
내가 나로 있는 장소나
꽃이 꽃으로 있는 장소에
빛이 있었던 것일 뿐
스위치가 들어간 것일 뿐

당신은
나였던 것일지도 모르고
나는 어쩌면
뜰에 피는 민들레나
내리는 눈이었던 것일지도 모르지

약속은 나를 만들고
내 속에 우주의 약속이 앉아있다
모든 것이 약속 안에 있고
약속은 모든 것의 안에 있다

하지만
잊어버려서는 안 돼

약속에는 낭비가 없고
필요한 것만을
항상 제대로 만들고 있어

꽃이 그곳에 피는 것은
그것이 중요하다는 것의 증거
내가 여기에 있는 것은
그것이 필요하다는 것의 증거

우주의 약속과 이어져서
과거와 지금

지금과 미래
모든 것을
바라볼 수 있게 되었을 때
분명히 분명히 알게 되는 것

모든 것은
언제나 언제나
언젠가의 좋은 날을 위해 있다

기쁜 일도, 슬픈 일도
깨끗한 일도, 더러운 일도
늘어나는 것도, 줄어드는 것도
그 약속의 결과지만
나타난 모든 일이
언젠가의 좋은 날을 위해 있다

그러니까 생각하게 돼
살아있다고
여러 가지 일이 있지만

즐거운 일도, 괴로운 일도
슬픈 일도, 기쁜 일도
비나 눈이나 달의 빛이
하늘에서 내려오는 것처럼
두 팔을 펼쳐서 받아들이면 되는 거지

무서워하지 않아도 돼
슬퍼하지 않아도 돼
왜냐면 모든 것이 괜찮으니까
모든 것이 다 괜찮아

흔들린다, 노래한다, 춤춘다, 기도한다…
도약한다, 그린다, 돈다, 생각한다…
항상 내 속에 있다

흔들리고 춤추고, 뛰어올라 생각하고
마음의 눈과 마음의 귀가 열린다
그리고 본질을 알게 된다

자, 내일로 걸어가자
소중한 것은
마음의 눈과 마음의 귀를 기울이는 것
그리고 자신을 믿는 것

꽃이 피듯이, 눈이 오듯이
달이 비추듯이 당신과 만나고 싶다

새가 날듯이, 바람이 불듯이
바다가 노래하듯이, 당신과 만나고 싶다

넓은 우주 속에서, 긴 시간 속에서
당신과 만날 수 있었던 것
분명히 분명히 보물이다

별이 있듯이, 산이 있듯이
하늘이 있듯이 당신과 만나고 싶다

처음엔 해설을 '우주에 흩어져 있는 많은 알맹이들은 약속의 원점에 모여들어'라고 했지만, '우주에 흩어져 있는 많은 알맹이들은 약속의 원점에 나타나서'로 바꿨다. '모여들어'를 '나타나서'로 바꾼 것은 내게 있어서 아주 큰 이유가 있다. 어느 날, 우주의 약속을 읽어주신 분으로부터 "우주의 알맹이들은 재료인가요"라는 질문을 받았다. 공간에 있는 알맹이라는 재료가 모여서 설계도에 의해 물질이 만들어진다는 것을 그분은 느낀 것이라 생각한다. 하지만, 내 생각은 그렇지 않다. 여기에는 큰 차이가 있다.

재료가 모여서 만들어졌을 때는, 재료가 없는 곳은 아무것도 없는 장소가 되거나, 공간에 밀도가 높은 장소, 낮은 장소가 있다는 것이 된다. 하지만 나는 인간의 몸에 모든 세포가 균일하게 같은 정보를 가지는 것처럼, 우주의 공간에서는 한 개 한 개의 단위(도트)가 모두 균일하게 분포해서 모든 것이 우주의 설계도를 갖고 있다고 생각한다. 즉 모든 우주의 사상은 도트가 ON, OFF에 의해 재생되는 것이라 생각한다.

어느 날 길을 걷다가, '카레 우동 500엔'이라는 문구가 가게 앞 전광판에서 나오고 있는 것을 보았다.

그때, '앗' 하며 느낀 것이 있었다. 전광판에 나오는 문구는 흐르는 것처럼 보이지만, 실제로는 사물이 이동하고 있는 것이 아니다. 균일하게 늘어선 많은 수의 도트의 불이 켜졌다 꺼지기를 반복하며 문구를 이동시키는 것이다. TV도 그렇다. 화면에 심어진 도트가 디지털의 0과 1로 만들어진 생명에 의해 빨강, 파랑, 노란색이 되어 전체를 보면 배우의 얼굴이나 풍경이 재생된다. 하지만 얼굴이 움직이는 것도 잎사귀가 흔들리는 것도 도트의 점멸에 의한 것이다. 여기서 다시 한 번, 우리들의 몸에 대해 생각해 보겠다.

처음에는 단 한 개의 수정란에서 시작해서 그것이 몇 번이고 분열해서 많은 수의 세포가 되고, 입 부분이 ON이 되고, 손은 손 부분이 ON이 된다. 하지만, 모든 세포에 손, 다리, 입, 뇌에 대한 모든 정보가 포함되어 있다. 제1장에서 언급했듯이 모든 것이 같은 구조이고 큰 세계 속에 작은 세계가 들어있다고 하는 '포개짐 구조'로 되어있다면, 사람의 몸과 우주는 같은 구조로 되어있다고 생각할 수 있다.
즉, 사람의 몸이 A와 T와 C와 G라는 같은 유전자 암호로 되어있는 것처럼, 우주 또한 모든 도트가 균일하게 같은 정보로 되어있는 것이 틀림없다. 거기서 다시, 내 엉뚱한 생각은 계속된다.

우리들을 만든 우주의 큰 힘, 또는 하느님이라고 해도 될지 모르는 존재는 '이 세상이 이랬으면 좋겠다'는 자신의 마음이 샘솟았을 때 어떤 방법을 선택했을까. 디지털 명령에 의해 TV나 핸드폰 화면에 뭔가가 재생되는 것처럼, 그 생각은 설계도에 의해 이 세상에 도트로 재생되고 있는 것이라는 생각이 자꾸 든다. 우주를 형성하는 도트에는 나도, 당신도, 뜰에 피는 민들레도, 아프리카의 사자도, 카레라이스도, 공기도 모든 정보가 들어있다는 것이 된다.

앞서 언급한 전광판의 예시처럼 내가 걷고 있는 것처럼 보여도, 사실은 내가 움직인 것이 아니라, 도트의 점멸에 의해 나타난 것이 움직이는 것처럼 보이는 것뿐이다. 생각이나 질감, 냄새라는 것 모두 내 정보는 그 도트로 재생되고 있다고 생각된다. 그리고 재생된 것이 우주에게 필요한 것을 필요한 형태로 나타낸 것이라면, 길가의 돌이 그곳에 있는 것도, 제비꽃이 뜰의 한쪽 구석에 피어있는 것도, 내가 이렇게 존재하는 것도 모두 필요하기에 존재하는 것이 틀림없다. 와우, 이렇게 생각하니 기쁘다. 나는 나인 채로 존재해야 하기 때문에 그렇게 재생되고 있는 것이라 생각할 수 있기 때문이다.

제3장

모두 행복하다

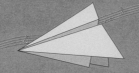

정말 어떤 일도 좋은 날을 위해 존재하는 걸까?
슬픈 일이 있어야 기쁜 일도 있다
기쁜 일이 있어야 슬픈 일도 있다
그래도 마지막은 언제나 기쁜 일

'좋다'는 것은 기쁘다는 것이다

　　여름방학 동안 흥미로운 실험을 한 학생이 있었다. 작은 용기에 밥을 담아 한쪽에는 '고마워' 또는 '정말 좋아'라는 말을 쓰고, 다른 한쪽에는 '너무 싫어' 또는 '죽어'라는 말을 쓴다. 그리고 각각 용기에 같은 말을 반복 했을 때 밥의 부패 상태에 관해 조사한 실험이었다. 준비한 용기에 세균이라도 들어가면 실험에 차질이 생기기 때문에 용기를 세 개씩 준비해 관찰한다. 나는 속으로 '와아, 이거 어엿한 연구원인걸, 굉장하네'라고 생각했다. 실험결과 '고마워'나 '정말 좋아'라고 쓴 용기는 상태가 그다지 나쁘지 않았지만, '죽어'나 '너무 싫어'라고 쓴 용기는 어느 것이나 새까맣게 되어 심한 악취가 났다고 했다. 사진을 보니 그 차이는 명확했다.

이 실험결과를 과학적으로는 어떻게 증명할 수 있을지 모르겠지만, 나는 밥알 한 톨 한 톨도 진심으로 '좋아해'라는 말을 들으면 기뻐하고, '싫어해'라는 말을 들으면 사라져버리고 싶은 게 아닐까 하는 생각이 들었다.

밥의 부패 실험결과를 보고, 카오리라는 여자아이가 생각났다. 우리가 만난 것은 카오리가 중학교 2학년 때였다. 카오리는 입 밖으로 소리를 내서 말을 할 수 없는 아이로, 웃거나 우는 일도 거의 없었고, 남들과 좀처럼 눈도 마주치지 않은 채 혼자 교실에 오도카니 서 있는 아이였다. 나는 카오리와 만나기 전에도 여러 장애아동과 지낸 경험이 있었다. 입이 마비되어 이야기를 나누는 것이 좀처럼 쉽지 않은 아이도 있었다. 하지만 그 아이가 입에 물고 있는 젓가락 끝으로 두 시간 가까이 타자기를 치며, '커피를 마시고 싶어', '저 가게에서 이런 물건을 사고 싶어' 하며 열심히 자신의 생각을 전하는 것을 봐왔다. 그런 경험이 있었기에 구강기능에 문제가 없는 카오리가 말을 하지 않는 게 안타깝다라는 생각이 들어, 카오리에게 "'아'라고 해볼래? '이' 하고 말해볼래"라며 어떻게든 입을 열게 해보려고 노력했다.

그러나 그때의 나는 정말로 아무것도 몰랐던 것이다. 카오리는

'그런 건 지금껏 천 번도 더 했어'라는 태도로 "후우" 하고 한숨을 쉬고, 입모양을 '아'라든가 '이'라는 형태로 만들었다. 그러나 입에서는 숨이 새어나올 뿐 소리가 나는 일은 없었다. 카오리 어머니는 부모님과 주고받는 연락장에 이렇게 쓰셨다.

"이 아이에게 장애가 있다는 걸 알았을 때부터, 저는 '한 번이라도 좋으니 오로지 나를 '엄마' 하고 불러준다면 얼마나 좋을까'라는 생각만 했습니다. 하지만 어느 책을 읽어도 초등학생 때 입 밖으로 말이 안 나오면, 그 이후에 말을 하는 경우는 없다고 합니다. 카오리는 벌써 중학교 2학년입니다. 이제 말을 하게 되는 일은 없겠죠. 하루는 번화가에서 길을 잃은 카오리가, 누군가 도와 줄 사람을 찾으려고도 하지 않고, 대각선 횡단보도 한가운데서 오도카니 서 있는 모습을 봤을 때, 저는 이제 카오리가 엄마라고 불러 주는 날은 없을 거라고 확실히 깨달았어요. 저는 이제 카오리가 말을 해주길 바라지 않습니다. 말 하는 연습은 카오리에게 상처를 주고 선생님을 실망시킬 뿐이니 이제 절대로 하지 말아주세요."

나는 이 글을 읽으면서 어머니가 얼마나 고심하며 카오리를 키워왔는지 충분히 이해할 수 있었고, 말하는 연습으로 인해 카오리와 나와의 사이가 혹시라도 나빠지지 않을까 염려되었다. 그 이후로는 카오리에게 말해보라고 하는 것을 그만두었다. 나는 카오리와 함께 지내며 이 애가 참을 수 없을 만큼 귀엽다고 느껴졌다. 카오리 역시 나를 좋아하고 있는 것 같았다. 카오리는 늘 내 곁에 붙어 가만히 나를 바라보았다. 그리고 차츰 내 흉내를 내기 시작했다.

나는 별난 버릇이 많은데, 그중 하나가 머리카락을 묶고 빙글빙글 꼬는 것으로, 어느 사이엔가 보면 카오리도 똑같은 행동을 하고 있었다. 또 어떤 때는 카오리가 입으로 빵 껍질을 까고 있길래, 재밌는 행동을 하고 있네 하고 생각했던 차 학생들이 "갓코 선생님 흉내야"라고 말해서 놀랐다. 롤빵의 겉부분만을 싹 벗겨 먹는 내 버릇을 흉내 내고 있었던 것이다.

어느 날 교탁 위에 놓여 있던 두꺼운 책이 우연찮게 툭 하고 밑으로 떨어졌다. 카오리의 깜짝 놀란 얼굴을 보고 나는 "아아!" 하는 말이 나왔다. 그런데 물끄러미 내 얼굴을 보고 있던 카오리가 천천히 입을 열어 "아아" 하고 따라한 것이다. 나는 기뻐서 "카오리가 말했어. 카오리가 말했어!"하며 그 주위를 빙빙 뛰어 돌아다녔다. 욕심이 난 나는 다시 한 번 카오리에게 '이'라고 말해보라고 했다. 그랬더니 카오리가 다시 내 얼굴을 가만히 보곤, '이' 하고 말했다.

나는 "있잖아, 카오리. '엄마'라고 해봐. 엄-마" 그랬더니 카오리는 내 얼굴을 가만히 보며 천천히 "엄-마" 하고 말해주었다. 나는 '카오리 어머니에게 알려드려야 해. 전화나 연락장으로는 안 믿으실 지도 모르니 직접 만나 알려드려야겠다'라는 생각에 "오늘 말씀드리고 싶은 일이 있는데 찾아뵈도 괜찮겠습니까?" 하고 전화를 드렸다.

그날 어머니는 저녁식사까지 준비하시고 나를 기다려 주셨다. 즐거운 이야기가 계속되는 가운데 나는 선뜻 카오리가 말을 했다는 사실을 꺼내지 못하고 있었다. 그때 카오리의 어머니가 "그런데 오늘 가츠코 선생님은 무슨 일로 집까지 와주셨나요?" 하고 물으셨다. 그래서 결심하고 "어머님, 오늘 카오리가 말을 했어요"라고 알려드렸다. 그러나 그 말이 끝나자마자 어머니의 얼굴표정이 확 일그러지며, "선생님에게 부탁드렸었죠. 전 카오리가 말하게 되길 조금도 바라고 있지 않다고요. 말하는 연습을 하는 건 카오리를 고통스럽게 할 뿐이에요. 절대로 더 이상은 하지 말아 주세요."

놀란 나는 "기다려 주세요. 정말입니다"라고 진심을 전하려고 했다. 카오리 어머니의 마음도 충분히 이해할 수 있었기 때문에 계속해서 말을 이어나갔다. "카오리, 어머니를 불러 볼래. '엄마'하고 불러 봐." 카오리는 천천히 어머니를 향해서는 가만히 어머니의 얼굴을 응시하다 응석부리듯이 불렀다. "엄-마." 어머니의 눈에 순식간에 눈물이 맺히며 뚝뚝 떨어졌다. "카오리, 고마워. 카오리, 고마워"하며 어머니는 오랫동안 카오리를 꽉 안았다. 그리고 내게 "선생님이 카오리를 귀엽게 생각해주시는 그 마음과, 카오리가 선생님을 진심으로 좋아하는 마음이 중학교 2학년이라는 지금 이때에 기적을 일으켰습니다" 하고 말하셨다.

나는 '기적'이라는 과찬에 무척 놀랐지만, 아아, 그랬었구나 하고 깨달았다. 맨 처음 카오리를 만난 지 얼마 되지 않았을 때는 "'아'하고 해볼래", "'이'하고 해 볼래"라고 해도 카오리는 말하지 않았는데, 왜 지금은 가능한 건지 이해가 되지 않았다.

사람이 사람에게 자신의 마음을 전한다는 건 그렇게 쉬운 일은 아니다. 서로 좋아하게 되고, 상대가 내 생각을 듣고 싶게 되거나, 자신의 생각을 들어주길 바랄 때, 사람은 마음을 전할 수 있는 게 아닐까 생각한다. 그리고 역시나 생각한 것이, "진심으로 좋아하는 것은 기뻐한다"라는 점이다. 쌀 한 톨조차도 "정말 좋아해"라고 들으면 기쁘다. 마찬가지로 우리 몸의 세포도 틀림없이 "정말 좋아해"라고 하면 기뻐할 것이다.

'기쁨'이란 분명히 신에게 받은 선물로, 우리와 우주에 존재하는 모든 것들이 지니고 있는 보물이라는 생각이 든다. 그래서 어릴 적 팔을 벌려 기다려 주는 어머니와 아버지가 계신 곳으로 가고 싶다는 생각에 기어가고, 걸을 수 있게 되는 것이라 생각한다.

앞에 이야기한 것처럼 간절히 바라는 것이 유전자 속에 내재되어 있는 것이라면, 아마 '진심으로 좋아하는 것은 기쁘다'라는 유전자도 우리 안에 들어 있을 것이다. 우리를 만든 큰 힘이 모든 게 잘 되어 가도록 만들어 주었다면, 그건 틀림없이 필요한 것을 필요한 형태로 만들어 놓았기 때문일 것이다.

우리가 막 '기어가기'를 시작했을 때 아버지와 어머니가 팔을 벌리고, "자아, 이리오렴"하고 기다려 주었기 때문에 아기는 기어가고 싶다고 생각했을 것이며, 할아버지와 할머니가 아장아장 걸을 때

"와아, 걸었네. 걸었어" 하고 기뻐해 주기 때문에 걸을 용기가 생긴 것이다. 물론 그것만으로 기거나 걷거나 하는 것은 아니겠지만, 우리에게 있어 '진심으로 좋아하는 것은 기쁘다'라는 사실은 정말 보물처럼 소중한 것 같다.

마음속에서 솟구쳐
떠오르는 생각에 따른다

　　지금까지 우리는 우주와 연결되어 소통하며 살아온 것은 아닌가 하는 이야기를 해왔다. 그럼에도《성서》랑《반야심경》의 글귀에 마음이 흔들리는 건 우리가 정말로 알고 싶어 하는 내용이 거기에 적혀 있기 때문이다. 그리고 그런 내용이 글로 남을 수 있었던 것은 예수와 부처가 우주와 연결되어 소통하는 것이 능숙했기 때문이라고 생각한다.

　　다이와 아이들에게도 깜짝 놀라게 해줄 만한 일이 많이 있다. 미래에 관한 일을 알거나 죽은 사람과 소통할 수 있는 사람도 있었다. 대부분의 사람들이 우주와 연결되는 것이 능숙할 것이라 생각한다. 하지만 나는 둔해서 우주와 연결되는 느낌을 잘 모른다.

예를 들어, 좋은 기운으로 가득하다는 신사를 방문해도 아무것도 느끼지 못한다. 하지만, 그렇게 둔감한 나도 우주가 나에게 필요한 것을 가르쳐준 것일까 하고 생각하는 순간이 있었다.

만약 정말로 우리가 필요로 하는 순간에는, 우주는 우리에게 무엇을 하면 좋은지, 뭐가 소중한지를 분명하게 알려주고 있는지도 모른다. 나는 그것이 '마음속에서 솟구치는 생각'이라고 판단한다.

그때, 나는 집중치료실에 있는 친구 곁에 있었다. 친구의 이름은 미야타 슌윤야로 나와 마찬가지로 특수학교의 교사이다. 아이들에게는 '미야부'라고 불리는 인기 있는 선생님이었다. 미야부는 언제나 나를 도와주는 사람 중의 한 명이었다. 강연회에 초청받아도, 길을 잃고 헤매느라 강연회장에 도착하지 못하는 나를 데리러 갔다 데리러 와주었다. 그리고 기계치인 나를 위해 컴퓨터를 가르쳐 주기도 했고, 오자투성이의 원고를 고쳐주기도 해서 무척 신세를 많이진 친구이다.

그런 미야부가 2009년 2월 20일 뇌간출혈로 쓰러졌다. 의사는 미야부 곁에서 병간호를 하는 내게 "오늘 밤이 고비입니다. 고비를 넘긴다 하더라도 평생 식물인간 상태이기 때문에 마비된 몸의 어느

한 부분도 움직일 수 없을 겁니다" 하고 말했다. 나중에 책에서 알게된 사실이지만, 뇌간출혈은 발병 후 48시간 이내에 죽는 경우가 90퍼센트에 가까운, 설령 목숨을 구한다 하더라도 대부분의 경우 의식이 돌아오지 않는 병이라고 한다. 더욱이 미야부는 뇌간의 대부분이 큰 출혈로 덮여 있는 상태였기에, 의사가 그렇게 말한 것도 무리는 아니었다. 그러나 나는 그때, 왠지 마음 깊은 곳에서부터 '괜찮아. 미야부는 괜찮아'라는 생각이 용솟음치듯 끓어올랐다. 그래서 나도 모르게 의사에게 "미야부는 괜찮을 거에요" 하고 말해버렸다.

의사는 내 말을 듣고 묘한 표정을 지었다. 그리고 천천히 내 얼굴을 들여다보며 매우 상냥하게 "내가 한 말을 이해했나요?"라고 물었다. 나는 거꾸로 이토록 걱정해주는 의사를 안심시켜주어야겠다는 생각에, "네, 이해했습니다. 선생님, 괜찮아요. 미야부는 괜찮으니까 선생님도 안심하세요"라고 대답했다.

다음날 미야부의 여동생이 의사와 만났을 때, 의사에게서 "어젯밤 곁에서 간호하던 여자분은 쇼크로 머리가 이상해진 것 같던데요"라는 말을 들었다고 한다. 지금 생각해보면, 미야부가 그만큼 큰 출혈로 매우 위독한 상태였는데도 불구하고 내가 그때 '괜찮아, 미야부는 괜찮아'라는 생각이 마음속에서 계속해서 든 것은 역시나 우주가 그렇게 한 것은 아닐까 생각이 든다. 간절히 바라거나 명상하거나, 우주나 신과 연결되려고 할 때 활발해지는 것은 '원시뇌(Primitive Brain)'로, 뇌간은 그런 원시뇌의 일부분이다. 뇌간은 '생존'을 담당하는 장소로 호흡을 하거나, 우리 몸의 장기를 움직이거나, 뇌의 생각을 몸에 전달하거나, 몸으로 느낀 것을 뇌로 전달한다. 그런 곳에서 출혈이 생겼다는 것은 생명을 유지하기 어렵다는 말이다. 쓰러지고 이틀 후에 찍은 미야부 머리의 CT사진에서는 뇌간의 대부분이 혈액으로 뒤덮여 새하얗게 되어 있었다. 하지만 그런 미야부의 곁에서 간호하는 가족은 출산한 지 얼마 되지 않은 여동생 한 명뿐이었다. 여동생의 "어떡하죠?"라는 전화에 나는 "괜찮아요. 오빠한테는 내가 학교 끝나면 매일 가볼 테니까" 하고 약속했다. 그 통화가 미야부의 병실에 매일 다니게 된 시작이었다.

사실 미야부의 상태는 조금도 괜찮지 않았다. 미야부의 동공은 열려있었고, 혀는 입에서 나와있었으며, 산소 호흡기를 달고 있었다. 그런 미야부 곁에서 내가 할 수 있는 일은 미야부의 침대로 들어가 앉아, 미야부 몸에 잔뜩 달려있는 관들 사이로 손을 넣어 미야부를 끌어안고 "정말 좋아해, 진짜 좋아해", "살아야 해, 살아" 하고 말을 걸며 몸을 계속 흔들어주는 것이었다. 그런 위독한 환자의 침대에 들어가 앉다니, 의사도 매우 놀랐을 거라 생각한다. 하지만 의사는 아무 말도 하지 않아 주었다.

나는 지금까지 만난 많은 아이에게서 배운 "진심으로 좋아하는 것은 기쁘다"라는 생각의 중요성을 떠올렸는지도 모르겠다. "정말 좋아해"라는 생각이 살아가는 용기가 되고, 뛰어 넘을 수 없을 것 같은 시련도 극복해낼 수 있다고 아이들은 언제나 내게 가르쳐줬다. 그 교훈이 눈앞에 있는 소중한 친구에게 내가 앞으로 무엇을 하면 좋을지를 가르쳐 주었다고 생각한다. 그리고 이렇게 괴롭고 힘들 때야말로 신이 우리에게 어떻게 해야 할지를 가르쳐 주는 것일지도 모른다고 생각한다.

그렇다곤 해도 역시 그때의 내 마음은 엘리베이터를 탄 것처럼 오르락내리락하고 있었다. 너무나 괴롭게 숨을 쉬는 미야부를 보면 내일까지 버티기는 힘들지도 모른다는 생각이 들어 눈물을 흘리기도 하고, 전날보다 열이 내려가면 이대로 점점 좋아질게 틀림없다고 생각이 들기도 했다. 내 심리상태는 매우 불안정해졌다. 미야부는 피를 토하거나 하혈을 하기도 했고, 눈을 못 감아 흰자위가 새빨갛게 붓거나 혀를 깨무는 등, 매일같이 큰일이 일어났다. 그러나 어떤 날도 마지막에는 '괜찮아'라고 생각할 수 있었다. 아무 근거도 없지만, 그때 '괜찮아'라고 생각했기 때문에 틀림없이 괜찮았던 거라고, 역시 마음속에서 계속해서 솟아오르는 '괜찮아'라는 마음으로 지낼 수 있었던 것은 정말 행복한 일이었다고 생각한다.

그리고 미야부는 쓰러진지 8일 째 되던 날 갑자기 눈을 떴다. 나는 기뻐서 바로 의사에게 알렸다. 하지만 의사는 "유감스럽게도 왜인지 식물인간 상태의 사람은 낮 동안에는 눈을 뜨고 있고, 저녁에는 눈을 감습니다. 눈을 뜨는 것과 의식이 돌아오는 건 다른 일입니다"라고 말했다. 그러나 역시 나의 억측이었을지는 모르겠지만, 내가 미야부에게 말을 걸 때면 미야부의 눈빛은 분명히 다르게 느껴졌다. 미야부가 전부 알고 있는 것처럼 말이다.

나는 미야부가 의식을 꼭 되찾아, 의식이 없었던 동안에 있었던 일들에 대해 분명 알고 싶어할 거라고 생각해 미야부가 쓰러진 후부터 매일 '미야부의 일기'를 쓰고 있었다. 그리고 미야부의 눈동자에 매일같이 내 얼굴을 비춰가며 표정을 읽으려고 했다. 그 일기에는 힘겨운 나날들이었음에도 불구하고 이상하게도 '기뻐', '행복해', '고마워'라는 글이 많이 나열되어 있었다.

3월 1일 (쓰러지고 10일째)

얼마전 2주일 만에 의식을 되찾았다는 사람의 글을 읽었어. 미야부도 이 사람처럼 2주일이 되면 의식이 돌아오지 않을까 하고 기대되는 한편, 2주일이 지나고 3주일이 지나도 돌아오지 않으면 어쩌지 하는 불안감이 생기기도 해. 하지만 미야부는 분명 괜찮아질 거라고 나는 오늘도 믿어. 무엇보다 미야부는 지금 내 곁에 있잖아. 살아있어 줘서 진심으로 고마워. 죽지 않고 살아줘서 고마워. 정말 고마워.

- -

3월 4일 (쓰러지고 13일째)

오늘부터 2인실이야. 좁지만, 위급한 상황을 넘겼기 때문이라고 생각하니 기뻐. 밤에 미야부를 보러 가서 얼굴과 머리를 수건으로 닦아주니 눈에 눈물이 고여 있었어. 울었던 거야? 우는 거야? 내 가슴이 꽉 죄이듯이 아팠어. 얼마나 무서울까. 얼마나 불안할까. 얼마나 시간이 늦게 흐르는 걸까. 목도 움직일 수 없고, 몸의 어느 한 부분도 움직일 수 없다는 건 어떤 마음일까. 미야부는 절대 괜찮다는 걸, 미야부가 알게 해줘야겠어. 어떤 상황에서도 행복은 존재하고, 우리는 언제나 행복하다는 걸 알게 해줘야지.

3월 7일 (쓰러지고 16일째)

여행지에서 미야부의 여동생에게 전화를 걸었어. 여동생에게 미야부의 안부를 묻자 '오늘은 계속 잠만 자고 있고, 간지럼을 태워도 발을 움직이지 않았어요'라는 이야기를 해줬어. 나는 갑자기 불안해졌어. 그런데 왠지 갑자기 이런 생각이 드는거야.

뇌손상이라는 건 매우 큰일이니까, 회복하기 위해 지금 잠들어 있는 건지도 몰라. 헛된 일이란 건 없으니 분명 지금은 잠이 필요한 거겠지. 가장 좋은 타이밍에 미야부는 꼭 눈을 뜰 거야.

- -

3월 8일 (쓰러지고 17일째)

의식이 돌아왔어. 말을 걸었더니 또 숨을 멈추고 입을 움직였어. 그래 그래, 하품도 두 번하고. 굉장해. 고통스러울 텐데도 이렇게 우리에게 힘을 북돋아 주다니. 그리고 행복하게 만들어 주다니. 미야부는 정말로 굉장해. 고마워. 오늘도 살아 있어줘서 고마워.

지금 돌이켜 생각해보면 미야부가 힘든 상황에 놓여 있을수록, 커다란 우주의 사랑에 둘러싸인 기분으로 있을 수 있었다. 그때 미야부에 대해 끊임없이 진심으로 빌었기 때문에 우주와 연결될 수 있었고, '그 모든 게 괜찮고, 어떤 상황일지라도 행복하다'라는 마음을 느낄 수 있었던 걸지도 모르겠다.

우리 몸 곳곳에 사랑이 보인다

나는 미야부가 쓰러질 때까지 누구나 더우면 땀을 흘리게 된다고 믿고 있었다. 그러나 뇌간에 큰 출혈을 일으킨 미야부는 땀을 흘리지 못해 체온은 점점 올라 39도, 40도의 고열이 계속되었다.

또한 나는 누구나 수분을 섭취하면 자연스럽게 소변으로 이어진다고 생각했다. 하지만 미야부는 소변도 나오지 않았다. 침이 폐로 넘어가버려 심각한 폐렴에 걸렸다.

이처럼 미야부의 장기는 모두 제 기능을 발휘하지 못했다.

이런 투병 중에 미야부가 가르쳐준 것이 있었다. 그건 지금까지 당연하다는 듯이 작용하고 있던 우리 몸의 기능은 실제로는 당연한 것이 아니고 사랑으로 가득한 설계도로 만들어져서 작용되고 있었기 때문에, 이렇게 잘 움직이고 있었다는 사실이다. 나는 그동안 땀을 흘리는 것도, 입으로 섭취한 음식물이 우리 몸의 영양소가 되고, 그 나머지는 소변이나 대변을 통해 바깥으로 배출하는 것도 뭐든 당연하게 생각하고 있었지만 결코 그렇지 않다는 걸, 미야부가 자신의 생명을 걸고 가르쳐준 것처럼 느껴졌다.

힘겨운 투병생활 동안 의사와 간호사도 미야부의 상태를 포기하지 않고 도와주었다. 미야부가 살 수 있다고 안심하게 되고부터는 재활치료가 시작되었다. 옆에 있는 내가 할 수 있는 일도, 미야부의 회복을 돕기 위한 재활치료를 거드는 것이었다. 역시나 평상시에는 둔감한 나였지만, 이상하게도 미야부와 있으면 무엇을 해야 할지가 내 마음속에서 솟구쳐 올라 결정해 주는 것 같았다.

미야부와 함께 할 수 있는 시간은 학교 수업이 끝나고 난 오후 5시 넘어서부터 저녁 8시까지의 3시간이 채 안 되는 시간이다. 그 당시 내가 읽은 책에는 한 번 죽어버린 뇌세포는 절대 되살아날 수 없다고 쓰여 있었지만, 학교에서 아이들과 지내다 보면 그런 건 틀린 이야기처럼 느껴지는 게 예삿일이었다. 나는 고등학교 담임을 할 때가 많았는데 고등학생이 되어서도 포기하지 않고 열심히 재활훈련을 한 아이들이 말을 할 수 있게 되거나 손발이 움직이기 시작하게 된다거나 하는 기쁜 변화를 보여주는 일이 곧잘 있었다.

《성서》에는 "구하라, 그리하면 너희에게 주실 것이요. 찾으라, 그리하면 찾아낼 것이요. 문을 두드려라, 그리하면 너희에게 열릴 것이니"라고 쓰여 있다. 나는 이것이 뇌의 작용에도 똑같이 적용된다고 믿었다. 미야부는 뇌간이라는 우리 몸과 뇌를 연결해주는 장소에 손상을 입었다. 그럼, 몸에서 뇌쪽으로 작용할 수 있도록, 터널을 파듯이 들어간다면 뇌에 도달할 수 있지 않을까? 그렇게 하면 몸은 분명히 다시 움직이기 시작할 거라고 생각했다. 어쨌든 몇 번이고 수없이 미야부의 몸을 움직였다. 만약 열 번으로 안 된다면 백 번을, 백 번으로 안 된다면 천 번, 만 번이라도 몸을 움직이고 손을 움직여야 한다고. 뇌에 전달하면 뇌는 언젠가 반드시 반응해줄 거라고.

자연은 서로 모자란 부분을 보완하도록 이루어져 있다. 예를 들어 나팔꽃 덩굴의 끝을 가위로 자르면 곧게 자라던 나팔꽃 덩굴에 곁가지가 생겨 자란다. 수국의 가지를 잘라 컵에 담가두면 대에서 뿌리가 나온다. 원칙대로라면 대의 역할을 했어야 할 세포가 뿌리로 바뀐 것이다. 애초부터 같은 유전자를 갖고 있던 세포의 ON, OFF가 바뀌어서 부족한 부분을 보완할 수 있게 되는 거다. 나는 우리 몸도, 몸에 손상 부위가 있으면 그곳을 보완하려 할 게 분명하다고 생각한다.

"손아 움직여라, 발아 움직여라." 마비되어 굳은 손발, 그리고 손가락을 펴는 행위를 몇 번이고 되풀이했다. 그 당시 미야부의 몸은 중심을 못 잡고 두부처럼 흐늘거렸다. 우리는 깨어있는 동안에는 무의식적으로 뇌간의 명령을 따라서 몸에 힘이 들어가기 때문에 등과 목을 세우고 있는 것이다. 그러나 미야부는 몸에 힘을 줄 수가 없어서 목과 등 그 어느 부위도 흐늘거리는 상태였다.

어느 날 무심코 펼친 책에서 "뇌간은 일어서거나 앉거나 할 때 활발해지며 몸의 균형을 잡으려 할 때 활발히 작용한다"는 문장이 눈에 들어왔다. 그래서 뇌간의 움직임을 되돌리기 위해서는 미야부의 몸을 일으켜 세우는 것이 좋다고 생각했다.

정말 이상한 일이라고 생각하지만, 종종 일상생활 도중 어쩌다 눈에 들어오는 전철광고의 표제나 서점의 책제목 등이 지금의 나 자신에게 매우 도움이 될 때가 있다. 또 아무렇지도 않게 돌린 TV 채널이 그 이후의 내 인생을 크게 변화시킨 적도 있다. 내게는 그 모든 것이 신의 계획에 의해 일어나는 일처럼 생각되었다. 그래서 나는 우선 미야부의 침대 등받이를 세워, 미야부가 누운 상태로만 있지 않도록 했다. 뇌와 가까이 있는 입에는 자극을 많이 받을 수 있도록 양치질과 잇몸 마사지를 해주었다.

그렇게 반년이 지나고 난 후부터 미야부는 작은 눈 깜박임으로 대답을 해주게 되었다. 이윽고 머리가 움직이고 손가락이 움직이게 되며 자신의 생각을 전달하게 되었다. 뭔가, 지금까지 그냥 생각나는 대로 해온 일들이었는데 모두 잘한 일이었구나 하고 생각되는 게 참으로 불가사의했다.

나중에 뇌에는 가소성이라고 하는 뇌의 다른 부분이 손상된 부분의 뇌를 보완하는 기능이 있다는 것과 식물인간 상태의 사람을 일으켜 세우거나 입으로 음식을 먹이는 간호방법이 환자의 회복에 꽤 효과가 있다는 사실을 책으로 읽고, 다른 사람에게 듣고 놀랐다. 그래서 우리는 늘 보호받으며 사랑받고 있기 때문에 이곳에 존재하는 것이라는 내 생각은 더욱 확고해졌다.

미야부와 나를 도와주는 분이나 물건이 우연처럼 눈앞에 나타난다거나, 지금까지 미야부가 회복하는 모습을 볼 때마다 모든 것이 신이 계획한 대로 일어나는 현상이라고 생각되었다. 또한 미야부가 꾸준히 회복할 수 있는 것은 역시나 미야부 본인의 '살고 싶어', '내 기분을 전하고 싶다'와 같은 강한 의지가 있었기 때문이라는 생각이 들었다. 미야부가 눈을 뜨고, 그 눈빛이 말을 걸고 싶어 한다고 확신한 나는 어떻게든 미야부의 기분을 알고 싶었다. 또한 이런 마음이 절실하다면 서로의 마음을 전달할 수 있을 거라고 생각했다.

　나는 미야부가 자신의 생각을 다른 이에게 전달할 수 있는 방법은 없을까? 혹은 내 질문에 대답을 할 수 있는 방법은 없을까? 하고 계속해서 방법을 찾았다.

　손가락이라도 괜찮고, 눈을 깜박여도 괜찮고, 볼을 움직여도 괜찮으니 어디 한군데라도 스스로 움직일 수 있고 대화할 수 있다고 생각했다. 그리고 나는 미야부가 스스로 움직일 수만 있다면, '의사전달장치'라는 기구도 사용할 수 있을 거라고 확신했다. 미야부가 사용한 것은 파나소닉사에서 나온 '렛츠 챗(Let's chat)'이라는 의사전달장치이다. 'Let's chat'은 일본어를 '아카사타나…'의 순서로 읽는 장치로, 몸이 움직일 수 있는 부위와 기구의 스위치를 연결해 조작하게 함으로써 본인이 생각하는 것을 문장으로 나타내는 장치이다.

　미야부는 이럭저럭 반년을 넘긴 시점에서부터, 처음에는 작게 눈깜박임의 동작으로 대답을 하게 되었다. 이윽고 머리와 손가락을 움직이게 되면서 지금은 손가락과 의사전달장치로 자신의 생각을 표현하고 있다. 보름달이 아름답던 어느 날, 미야부가 운 적이 있다. 미야부는 의사전달장치로 "보름달이 아름답다고 나는 말할 수 있어"라고 했다. 아름다운 것을 아름답다고 말할 수 있다고, 기쁜 일을 기쁘다고 말할 수 있다고, 외로울 때 외롭다고 말할 수 있다고, 누구나가 갖고 있는 감정을 전달할 수 있게 되어서 기뻐서 우는 거라고 말했다. 미야부만이 아니라 아무리 심한 장애를 가진 사람일지라도 누구나가 똑같이 감정을 갖고 있다는 사실을 결코 잊어서는 안 된다고 생각했다.

미야부는 지금 입으로 음식을 먹을 수 있게 되었다. 쓰러졌던 당시에는 목을 가눌 수 없어 목이 흐느적거렸었는데 지금은 목받침이 없는 휠체어를 탄다. 관을 잔뜩 달고 있었던 몸에서도 조금씩 관이 사라져, 지금은 소변을 보고 싶을 때는 본인이 직접 의사표현을 해서 소변용기로 소변을 볼 수 있게 되었다. 혀랑 입술을 생각대로 움직일 수 없기 때문에 아직 정확한 발음으로 말할 순 없지만, "네", "좋아", "안녕", "아니" 등 발음할 수 있는 단어도 늘고 있다.

미야부의 꿈은 자신의 손으로 밥을 먹고, 스스로 걷고, 스스로 운전하고, 요리도 만들고, 낚시도 하러가고, 집에서 생활하며 교사로 다시 돌아가는 것이다. '정말 터무니없는 꿈이네' 하고 여길지도 모르겠다. 하지만 나는 이룰 수 있다고 생각한다. 쓰러진 직후 의식을 되찾을 가능성이 1퍼센트도 없다던 미야부가 의식을 되찾았고, 지금 몸이 움직이기 시작했으니 말이다. 나는 미야부가 그 꿈을 이룰 것이라고 믿고 있다. 그리고 미야부는 의사전달장치를 사용해 이야기했다. "내 인생 좋은 인생", "내 뒤에 길이 생겨", "꿈은 이뤄져", "포기하지 않아".

나는 미야부가 점점 회복되어 가는 모습을 보며 앞으로는 내 자신을 더욱 믿기로 결심했다. 항상 자신감 없이, 자기가 생각하거나 하는 일들은 소용없는 게 아닌가 생각할 때가 있지만, 누구나의 뒤에도 그 뒤에서 작용하는 커다란 힘, 신이 있기에 우리가 제대로 잘해나갈 수 있도록 해주고 있다고 생각한다. 마음속에서부터 끓어오르는 생각도 그렇고, 매일 열심히 살아가는 일도 그렇고. 자신을 사랑하고 스스로를 믿는 일은 우주를 사랑하고 우주를 믿는 것이니깐.

마지막은 항상 기쁘다

숨 쉬기가 고통스러운 날은, 괴로우니까 숨을 쉬어 뇌에 자극을 준 날. 몸에 열이 난 날은, 몸이 세균으로부터 자신을 보호해준 날. 가래가 쌓여 괴로운 날은, 세균을 몸 밖으로 내보내려고 몸이 애쓴 날.

미야부의 회복을 보고 있으면 어느 날이나 열심히 앞을 향해 나아간 소중한 날이라는 생각이 든다. 그런 날들이 있었기에 오늘이 있는 거라고 나는 지금도 그렇게 생각하고 있다. 그리고 몸을 이루는 구조 하나 하나를 보더라도, 우리는 역시나 사랑받고 보호받고 있다는 생각이 든다. 이번에는 그 사실을 나에게 가르쳐준 또 한 명의 친했던 친구에 관한 이야기이다.

나에게는 유키에라는 이름의 친구가 있었다. 특수학교에서 만난 유키에는 다발성경화증(多発硬化症), 'MS'라는 병을 앓고 있었다. 'MS'는 뇌 속의 여러 부위가 점점 딱딱해져서, 점차 앞을 보기가 힘들어지거나 손발을 움직이는 것이 어려워지는 병이었다. 하지만 2개월 정도 지나면, 다시 움직이게 된다거나 눈이 보이게 되기도 한다. 그런 상태로 건강하게 지내는 분도 있지만, 유키에의 경우는 재발을 반복했기 때문에 그때마다 몸이 점점 움직이지 않게 되어 갔다.

나는 유키에가 재발하게 될 때마다 얼마나 불안할까 하고 걱정되었다.

그러나 유키에는 입버릇처럼, "난 MS에 걸려서 다행이라고 생각해. MS에 걸렸기 때문에 알게 된 사실이 많고, MS에 걸렸기 때문에 지금 내 주변에 있는 사람들을 만날 수 있었는걸. 갓코와도 만날 수 있었잖아" 하고 말해주었다. 또한 "만약 MS가 아니었다면 지금과는 또 다른, 멋진 사람도 만날 수 있었을 거라는 생각이 들기도 하지만, 난 지금 내 주위에 있는 사람들이 좋아. 갓코가 좋아. 그래서 이걸로 다행이라 생각해. 눈이 보이지 않게 되어도, 손발이 움직이지 않게 되어도, 인공호흡기를 써야만 숨을 쉴 수 있게 된다 하더라도 절대

MS에 걸린 걸 후회하지 않을 테야. MS라는 병을 갖고 있는 유키에 그대로를 사랑해나갈 테야." 나는 이렇게 단언하는 유키에가 정말로 멋져보였다. 유키에는 이따금 밤이 무섭다고 했다.

오늘 움직이는 다리가, 내일 아침에는 움직이지 않을까봐. 오늘 보이는 눈이, 내일 일어날 때는 보이지 않아서 어둠 속에 있게 될까봐.

"그래서 말이야 갓코, 조금이라도 움직이는 지금 이 시간이 아까워서 잠들 수가 없어. 하지만 갓코, 어제와 똑같이 다리가 움직이고 눈도 보이고, 잠을 자서 몸이 건강해져 있는 아침은 행복으로 가득해". 유키에가 쓴 '고마워'라는 시를 소개하겠다.

고마워

난, 정해놓은 게 있어
이 눈이 사물을 비추지 않게 되면 눈에게,
그리고 이 다리가 움직이지 않게 되면 다리에게,
"고마워" 라고 말하겠다고 정해놓았어
지금까지 잘 보이지 않는 눈이 열심히 '보자, 보자' 하며

나를 기쁘게 해주었는걸

멋진 것들을, 여러 가지 것들을 잔뜩 보여주었어

어두운 밤길에도 애써주었어

다리도 그래

나를 위해 믿을 수 없을 만큼 걸어주었어

함께 여러 곳에 갔지

나를 하루라도 기쁘게 해주려고 눈도 다리도 애써주었어

그런데도 안 보이게 되고 못 걷게 되었을 때

"왜 그러는 거야" 하고 화내는 건 너무하다고 생각해

지금까지 약하디 약한 눈, 다리가 얼마만큼 나를 강하고 강하게 해주

었는지 잘 알고 있는 나니깐,

그래서 제대로 "고마워" 라고 말해줄 거야

매우 좋아하는 눈, 다리이니깐

이토록 약하지만 진심으로 좋아하니깐

"고마워. 이제 됐어. 쉬도록 해" 라고 말해줄 거야

아마도 그 누구보다도 훨씬 지쳤다고 생각하니깐……

하지만, 조금 심술궂은 유키에는 아직은 건강한 눈과 다리에게

"이제 됐어" 라고는 절대 말해주지 않을 거야

왜냐하면, 아직 보고 싶은 것, 가고 싶은 곳이 잔뜩 있는 걸

지금까지 쓴 것은 멀고 먼 미래의 이야기였다

유키에가 언젠가 "갓코, 나 힘들어"라고 말했다. 그때는 몸의 대부분이 움직이지 않게 되었을 때였다. 나는 유키에가 얼마나 괴로울지 이해하고 있었기에 '어떡하지' 하고 생각했다. 그런 내 모습을 알아챈 유키에가 "갓코, 설마 내가 죽고 싶다는 말이라도 한다고 생각하는 거야? 그럴 리가 없잖아. 그냥 몸을 움직일 수 없으니깐 좀 피곤해진 것뿐이야. 뭔가 기분이 좋아질 만한 이야기 좀 해줘"라고 했다.

나는 고맘때, TV에서 나온 이야기가 매우 인상에 남아있었기에 그 이야기를 했다.

어느 아프리카 마을에서 말라리아가 유행했지만, 마을 사람은 전멸하지 않았다. 왜냐하면 말라리아에 걸리지 않은 사람이 있었기 때문이다. 조사를 통해 '겸상적혈구(鎌状赤血球)'라는 특수한 형태의 적혈구를 가진 사람은 말라리아에 걸리지 않는다는 사실을 알아냈다. 겸상적혈구는 적혈구가 풀을 베는 낫 형태로 변형되어, 겸상적혈구증이라는 내장기능의 저하와 다양한 감염증을 일으키는 원인이 된다.

겸상적혈구증을 앓고 있는 형제들을 모집해 조사해보니 3그룹으로 나눠지는 것을 확인할 수 있었다.

겸상적혈구를 갖고 있으며 심각한 증상이 있는 사람이 4분의 1, 겸상적혈구를 갖고 있지만, 증상이 없는 사람이 4분의 2, 그리고 마지막으로는 일반적인 적혈구를 가진 사람이 4분의 1이었다. 말라리아가 유행하면 3번째 그룹의 사람은 감염으로 죽게 된다.

TV에서는 "겸상적혈구를 갖고 있으며 장애가 없는 4분의 2에 해당하는 사람이 있었기 때문에 마을이 전멸하는 것을 구할 수 있었으며 겸상적혈구를 갖고 있으면서 심각한 증상을 안고 있는 사람도 그 역할이 컸다. 만약 마을사람들이 병든 사람은 필요 없다는 생각을 하고 있었다면, 겸상적혈구를 가진 사람이 없어져 결국 이 마을은 말라리아가 돌았을 때 전멸했을 것이다. 그리 생각한다면, 이 마을을 구한 것은 겸상적혈구를 갖고 있으며 장애가 있는 4분의 1에 해당하는 사람이라고 말할 수 있을 것이다"라는 식으로 방송했다.

그래서 나는 생각했다. 지금 우리가 내일을 향해 건강하게 걸어갈 수 있는 것은, 과거의 병과 장애 때문에 고통스러워하면서도 살아 있어 준 사람이 있는 덕분이라는 것을. 그리고 지금도 병과 장애로 고통스러워하는 분들이 계시지만, 그분들이 살아 계셔주기 때문에 우리 미래의 아이들이 건강하게 내일을 향해 나아갈 수 있다는 걸. 사회는, 장애와 병을 갖고 있는 사람을 함께 포함시켜 나가야 한다.

사회는 분명 그렇게 모든 것을 포함하도록 만들어져 있는 것이다.

이 이야기를 유키에에게 했더니 매우 기뻐하며, "내가 병이 있는 건, 그렇게나 큰 의미가 있었던 거네. 기쁜데?"라고 말했다. 그리고 "갓코, 이런 걸 우리만 알고 있으면 아깝잖아. 모두가 소중한 존재라는 게 과학적으로도 증명된 실제 일이라는 걸 전 세계 사람에게, 갓코가 당연하게 알아야 할 세상에 알려줘"라고 말했다.

내가 "그런 일을 할 수 있을 리가 없잖아"라고 했지만, 유키에는 "무슨 일이 있어도 그렇게 해줬으면 좋겠어" 하고 말했다. 나는 유키에가 너무나도 열심히 부탁했기 때문에 "알았어"라고 약속해버렸다. 그 후 유키에는 죽었다. 유키에와의 약속이 유언이 되버린 것이다. 아무런 힘도 없는 내가 어떻게 해야 좋을지 고민하는데 불가사의하게도 이리에 후미코라는 영화감독이 유키에의 이야기를 〈1/4의 기적-실제 있었던 이야기〉라는 영화로 만들어 주었다. 이 영화는 자주상영(自主上映, 극장이 아닌 곳에서 원하는 사람을 대상으로 영화를 상영하는 것)을 거듭해 일본 국내에서만도 10만 명 이상이 봐주었다. 더욱이 지금은 세계 14개국에서 상영되고 있다.

유키에의 생각이 현실로 이뤄지고 있음이 느껴진다. 유키에는 항상 "어떤 일이든 언젠가의 좋은 날을 위해 있는 거야" 하고 말했다.

"있잖아, 갓코, 내가 병에 걸린 덕에 얼마나 많은, 멋진 사람들과 알게 됐는지, 얼마나 중요한 것을 깨닫게 됐는지를 생각해보면, 오늘 같은 좋은 날을 위해 이런 병에 걸린 거구나 하고 생각하게 돼. 아하하, 나, 득본 것 같네."

유키에는 항상 웃고 있었다. 아하하 하고 웃었다. "유키에, 정말 어떤 일이라도, 좋은 날을 위해 있는 걸까? 살아있으면 여러 가지 일이 있잖아. 괴로운 일도 있고, 슬픈 일도 있고 말이야. 그런데도 그런 어떤 일도, 언젠가 좋은 일로 이어진다는 걸 어떻게 알아?" "그렇게 된다니깐. 글쎄, 그렇게 된다고. 언제나 그런걸." 유키에는 또 아하하 하며 웃었다.

앞에 소개한 발리섬의 유다도 이렇게 말했다. "갓코 씨, 기억해줬으면 해요. 슬픈 일이 있어서, 기쁜 일이 있어요. 기쁜 일이 있어서, 슬픈 일이 있어요. 하지만 마지막에는 언제나 기쁜 일이에요. 이건 중요한 거니까 나는 갓코 씨가 그 사실을 꼭 기억해주면 좋겠어요." 어떤 일이든 마지막에는 기쁜 일로 이어진다. 유키에도 유다도 우주와 단단히 연결되어 있었기에 이 모든 것이 좋은 일로 이어질 수 있음을 우리에게 가르쳐 준 것이라 생각한다.

제4장

당신이 있기에
행복하다

사람과 사람이 친해지면,
사람은 여러 가지 중요한 사실을 깨달을 수 있고,
변할 수 있는 거라고 생각한다

그것이 사람이 다양하게 태어나는 이유가 되는 것일까요?
그것이 만남을 이뤄가는 의미가 되는 것일까요?

누군가와 만났을 때,
오랜 시간의 흐름 속에서, 드넓은 우주 안에서,
서로에게 있어 필요하니까 신이 만나게 해주신 거라고
나는 늘 생각한다

내 안에 '당신'도 있다

    기쁘게도, 미야부가 순조롭게 회복되어가는 동안 계속해서 많은 분들이 미야부의 회복을 빌어 주었다. 기무라 히토시 씨는 미야부의 회복을 빌어주는 분들 중 한 분으로 매우 흥미로운 사실을 가르쳐 주셨다. 기무라 씨는, '마음보내기'라는 방법으로 떨어져 있는 상대에게 그 사람에 대한 마음을 보내는 것만으로도 상대의 몸을 치유할 수 있을 거라고 생각하고, 이를 실천하고 계신 분이다.

    "누구나 자기 안에는 자신을 치유하는 힘이 있고, 다른 사람을 치유하는 힘을 갖고 있다네. 그리고 치유의 힘이 발휘되는 순간, 뇌간을 통해 서로가 공명하게 되는 거지. 그건 아무리 멀리 떨어져 있어도 가능한 일이야. 가령 뇌간이 손상됐다 할지라도 다른 부위가 이를 보완해 연결할 수 있는 거지. 모두가 서로 이어져 있는 거라네."

기무라 씨의 이야기를 듣고 생각난 일이 있었다.

미야부가 쓰러지고 4개월 정도였을 때였다.

미야부는 의식은 확실히 있는 것 같은데, 입을 움직일 수도 손발을 움직일 수도 없어 자신의 생각을 전달할 수 없었다. 하지만 나는 어딘가 몸의 일부만이라도 미야부가 움직여 준다면, 의사소통이 가능할 거라고 생각했다. 그래서 계속해서 손발을 움직이는 재활연습을 해나갔다.

나는 몸의 외부에서 주는 힘으로 몸을 움직이는 재활연습뿐만이 아니라 미야부 스스로가 자신의 몸이 움직이기를 마음속으로부터 빌고 있기를 바랐다. 내가 "미야부, 손을 움직여, 발을 움직여" 하고 말하면, 미야부가 본인 스스로 손이랑 발을 움직이자고 마음속으로 빌고 있다는 걸 미야부의 크게 뜬 눈에서 분명히 알 수 있었다.

그리고 십 분에 한 번 정도의 간격으로 손이 움직인다거나, 지금은 그다지 움직이지 않는 왼쪽 발이 때로는 크게 튕겨 오르기도 했다. 그때의 미야부의 뇌간은 아마도 지금보다도 더 많이 끊겨 있었기 때문에 뇌와 몸이 제각각이었을 것이다. 그러나 서로 연결되지 않은 뇌와 손과 발이었음에도 불구하고 분명히 움직였다.

내가 미야부의 곁에서 "움직여!"라고 간절히 바란 것도, 미야부가 "움직여!"라고 자신의 마음속에서 비는 것도, 비록 신경이 연결되어 있지는 않았지만, 미세한 전기로 미야부의 뇌에 전해졌기 때문에 손이 움직였던 것이라고 판단했다. 그리고 그런 반복이 어느 사이엔가 뇌의 축삭돌기(Axon, 신경세포에서 일어난 흥분을 말초에 전달하는 신경섬유)를 늘려 뇌간을 튼튼하게 연결함으로써 뇌의 명령이 손과 발로 전달되어 움직이기 시작한 것이라고 생각한다.

스스로가 움직이라고 마음속으로 비는 것과, 기무라 선생님이 말씀한 '마음보내기'와 같이 다른 사람이 빌어주는 것은, 분명히 매우 비슷하다. 그리고 기무라 선생님께서 마음보내기에는 뇌간(원시뇌의 일부분)의 작용이 중요하다고 생각하는 것과 신과 연결될 때는 원시뇌가 활발해진다는 공통점이 매우 흥미로웠다.

앞장에서 유전자 하나하나가 몸을 구성하는 모든 정보를 갖고 있는 것과 마찬가지로 우주의 설계도를 ON, OFF로 재생하고 있는 점 안에는 우주를 구성하고 있는 모든 정보가 들어있다고 적었다. 즉 내 안에도, 그 누군가의 안에도 우주에 존재하는 모든 정보가 들어있는 것이다.

손은, 손 부위를 ON으로 하는 스위치가 있어서 그 스위치가 켜져 손이 되는 것과 마찬가지로, 내가 존재하고 있는(재생되고 있는) 것 역시 우주 전체 속에서 나라는 부분의 스위치가 켜져 있기 때문이 아닐까 하고 언제나 막연히 생각한다. 그렇기 때문에 내 안에는 미야부도 있고, 유키에랑 뒷마당에 피는 민들레랑 나비도 있다. 이처럼 우리의 깊숙한 곳에서는 모두가 연결되어 있다.

마음속으로 바라거나 몸을 흔들거나 하면 모두를 연결하고 있는 원시뇌, 요컨대 뇌간이 활발해진다. 기도하거나 마음속으로부터 빎으로써, 자신뿐만이 아니라 다른 사람에 관한 바람이 이뤄지거나 치유될 수 있는 것은 이 모두가 연결되어 있다는 증거이다.

나는 우주의 약속을 생각할 때, 늘 컴퓨터 구조로 대치해 생각한다.

우리가 마음 깊은 곳에서 연결되어 있다는 것은, 회사와 학교 등에서 사용하는 컴퓨터가 LAN, 혹은 무선 LAN으로 연결된 구조와 매우 비슷하다. 내 책상 위의 컴퓨터는 한 대의 컴퓨터로써의 기능을 하고 있다. 하지만 네트워크를 통해 학교의 모든 컴퓨터와 연결되어 있는 것이다.

이것은 우리의 깊은 곳에서는 모두가 서로 단단하게 연결되어 있는 것과 똑같다. 내 안에 확실하게 존재하고 있는 모두, 이를테면 미야부, 이메일매거진(E-mail Magazine) 독자, 온 세계 사람들이 그

장소에 언제나 있다.

예를 들어, 내 컴퓨터로 '봄 소풍'에 관한 글을 써서 네트워크상의 서버에 보관한다. 네트워크상에서는 내가 쓴 글을 다른 사람의 컴퓨터로 서버에서 열어 볼 수 있다.

만약, 소풍 날짜와 내용에 변경사항이 있어 누군가가 그 글을 열어 변경했다고 치자. 그러면 변경하자마자 어느 컴퓨터에서 봐도 '봄 소풍'에 관한 글은 새로운 글로 바뀐다.

우리가 연결되어 있는 구조는 컴퓨터가 연결된 구조와 같다.

기무라 선생님이 말씀하신 것처럼 사람이 다른 사람을 치유하는 힘을 갖고 있는 것도, 미야부의 뇌와 몸이 제각각이었던 때 손과 발을 움직인 것도, 분명히 자기 안에 있는 다른 사람과 연결된 부분이나, 몸을 움직이는 부분을 ON로 함으로써 치료하거나 움직일 수 있게 했다고 생각한다.

덧붙여 우리도 공통된 부분에서 서로 연결되어 있고 공통부분에 연결하는 방법은 태어날 때부터 알고 있다.

몸을 흔드는 것, 비는 것 등이 그 방법으로 같은 운동을 반복하면 뇌간이 활성화되고 이때 우리는 우주와 연결되기 쉬운 상태가 된다.

우리는 사실 우주 전체에서 일어나는 일을 전부 알고 있다고 생각한다. 예를 들어 만약 누군가가 괴롭고 아프다고 하자. 우리가 그 사람을 생각하면, 아픈 마음을 이해하고, 그 사람을 위해 뭔가 하고 싶다고 생각하거나 그 사람을 위해 마음속으로 빌게 된다.

그리고 우리의 기도가 닿으면 그 사람은 변화를 일으킨다. 물론 그 변화는 네트워크로 연결되어 있는 우리 모두의 안에서 존재하는 '그 사람'에게도 변화를 가져온다.

변화하든 갱신하든 새롭게 만든 정보에 언제든 자신의 컴퓨터로 접근할 수 있는 것과 마찬가지로 모든 정보가 자신 안에 있는 것이다.

우리의 몸은 서로의 부족한 부분을
보완하도록 만들어져 있다

게으른 개미에 대한 이야기를 하겠다. 개미집에는 아무것
도 안 하는(것처럼 보여도 사실은 무언가 중요한 역할을 맡고 있다고 생
각되는) 개미가 있다. 그런데 개미집에서 그 게으른 개미를 없애면,
남은 개미 중에서 또 몇 마리가 게으른 개미가 되어 그 비율은 항시
일정하게 유지된다.

우리는 깊은 곳에서 서로 연결되어 있고, 전체를 알고 있으며, 또
각각의 역할을 서로 보완하게 되어 있다.

가령 모든 개미가 '게으름을 피우자'라고 생각하면 큰일이 날 것
이다. 게으른 개미의 수가 일정 비율로 명확하게 정해진 것은 우주
전체를 좋은 방향으로 만들어 가는 큰 힘과 개미가 서로 연결되어
있기 때문이다. 그리고 그 힘은 역시 우리 안에도 틀림없이 존재하

고 있다.

미야부가 회복하는 모습을 봐도 몸의 세포들도 네트워크로 연결되어 세포 하나하나에 모든 정보, 즉 우주가 존재하고 있어, 미야부의 손상된 뇌를 서로 보완하고 있다.

그리고 이렇게 서로 연결되어 있기에, 혼자서는 불가능할 것 같은 큰일도 할 수 있는 것이다.

내 동급생인 다다시가 '그리드 컴퓨터(Grid Computer)'라는 단어를 가르쳐 주었다.

'그리드 컴퓨터'란 네트워크로 연결된 여러 대의 컴퓨터를 마치 한 대의 고성능 컴퓨터처럼 활용해 이용자가 필요한만큼의 처리능력과 기억용량을 가져와 사용할 수 있는 시스템이다.

또한 여러 대의 컴퓨터에 병렬처리 기법을 적용함으로써 컴퓨터 각각에 대한 성능은 낮아도 속도가 빠르기 때문에 대규모 작업이 가능하다.

실제로 인터넷에서는 이미 가정용 컴퓨터의 CPU파워를 모아서 암호해독이나 의료연구 등의 복잡한 처리에 활용하는 몇몇의 프로젝트가 진행 중이라고 한다.

미야부가 쓰러지기 전에 "어디 가지 않고 집에서 지구 이외의 지

적생명체를 검사해 알아내는 걸 목적으로 하는 프로젝트에 참가했어" 하고 이야기해준 적이 있다.

그 당시 나는 지금보다도 더 컴퓨터에 대해서 몰랐었는데, 아마도 미야부가 이야기했던 건 그리드 컴퓨팅에 관한 내용이었던 것 같다.

그리고 이런 일도 있었다. 내가 여행지에서 포토샵 사용법을 잊어버렸을 때, 미야부는 이시카와현에 있으면서, 이시카와현 밖에 있는 내 컴퓨터를 조작해 포토샵 사용법을 가르쳐 주었다. 마치 마법 같은 일이었다.

다다시가 가르쳐준 그리드 컴퓨팅이라든가, 미야부가 내 컴퓨터를 원격조작해 준 것은, 꼭 모두가 하나의 삶을 살고 있는 것과 같았다.

한 대의 컴퓨터가 다른 컴퓨터와 연결되어 거대한 슈퍼컴퓨터의 역할을 할 수 있다는 것. 정말 멋지고 흥분된다.

그럼 우리도 서로에 관한 일을 알 수 있을 뿐만 아니라 우리 모두가 연결된다면 엄청난 일도 할 수 있는 걸까? 아니면 이미 엄청난 일이 이뤄져 있는 걸까?

나는 확실히 그렇다고 생각한다. 우리는 연결됨으로써 전체상을 알 수 있을 뿐만 아니라, 개개에 대해서도 알고, 서로 모자란 부분은 보완하거나 다른 사람의 아픔을 이해하거나 하면서 우리도 모르는 사이, 다른 누군가를 위해서 함께 행동하려고 하는 힘이 나타나기도 한다.

한편에서는 '갓코 씨가 하는 이야기는 심리학자 융의 집합적 무의식에 관한 거네'라고 생각하는 사람이 있을지도 모르겠다.

심리학자 융은 "우리 인간은 무의식의 영역을 공유하고 있다"고 말했지만, 나는 인간은 의식과 관련된 부분만이 아닌, 우주 전체의 정보를 공유하고 있다고 생각한다.

공간에 빈틈없이 꽉 차있는 점에 우주 전체의 정보가 있고, 거기에 재생되어 있는 사람이나 꽃이나 사물이나 그 모든 것이 우주 전체의 정보를 갖고 있다. 우리는 그 정보를 갖고 있을 뿐만이 아니라 서로 이어져 함께 공유하고 있다.

그렇기 때문에 모든 것이, 우주의 약속에 따라 언젠가의 좋은 날을 위해 있는 것처럼 시공간도 초월해 존재한다. 사물도 사람도 모든 것들이 다 그렇게 되어 있다. 설령, 눈에 보이지 않는다 하더라도 무선 LAN처럼 서로 이어져 존재한다.

제2장에서 소개한《반야심경》의 번역 일부를 다시 인용하겠다.

자신의 몸 깊숙한 안쪽에
확고히 앉아있는

커다란 우주의 약속이

언제나 속삭이고 있다.

약속은 나를 만들어내고

내 안에 우주의 약속이 앉아있다.

모든 것이 약속 안에 있고

약속은 모든 것 안에 있다.

제1장에서는 '당신이 아프면 나도 아프고, 당신이 기쁘면 나도 기쁘다'에 관한 이야기를 썼다. 사람이 왜 그런 식으로 공감할 수 있게 되어 있는지를 생각해 보면, 그건 내 안에 우주의 모든 것이 있고, 비록 지금은 '나'라는 부분의 스위치가 켜져 있을지언정, 당신에 대한 부분도, 눈앞에서 바람에 흔들리고 있는 꽃에 대한 부분도 모두 내 안에 있기 때문이다. 그래서 그 모두가 깊은 곳에서 이어져 있기 때문에 그런 거라고 생각한다.

그리고 중요한 사실 하나 더. 그것은 누구나 결코 혼자가 아니라는 것이다.

모두가 단단히 이어져 함께 살아가고 있다는 사실이, 나는 무척이나 기쁘다.

만나는 사람 모두가 소중하다

　　사람이 단단하게 서로 이어져 살고 있다는 것을 깨닫게 해주는 일로 '만남'이라는 것이 있다. 나는 항상 누군가를 만나면 그건 오랜 시간의 흐름 속에서, 넓은 우주 안에서, 서로가 서로에게 필요하기 때문에 분명 신이 만나게 해주신 거라고 생각한다. 정말로 '왜 사람은 만나게 되는 것일까' 하는 생각을 해보면, 만남은 마치 마법 같다는 생각이 든다.

　　만남의 마법은, 일상생활 여기저기에 끼워 넣어져 있다. 예를 들면, 집으로 돌아오는 길에 들리는 슈퍼마켓이나 전철에도 그런 마법이 가득하다고 생각한다.

　　꽤 오래전 일이다.

하루는 벌써 며칠째 화장지가 떨어져서 가족들이 내게 오늘은 꼭 화장지를 사다 달라며 당부한 날이었다. 그날 들린 슈퍼마켓에서의 일이다.

어떤 할머니가 슈퍼마켓 바구니를 사용하지 않고, 손으로 집은 물건을 팔에 잔뜩 안고서 눈앞을 걸어가고 있었다. 순간 할머니 손에서 지갑이 떨어져서 뒤에 있던 나는 지갑을 주워 할머니에게 건네 드렸다. 그런데 이번에는 무가 떨어졌다. 나는 다시 그것을 주워 할머니에게 또 건네 드렸다. 그러자 이번에는 토마토가 떨어졌다. 그래서 "바구니를 가져 올게요" 하고 말을 했더니 할머니께서는 "바구니는 필요 없어"하고 거절하셨다.

하지만, 번갈아가며 물건들이 떨어졌기 때문에 나는 걱정이 되어 계산대까지 할머니를 따라갔다. 그러는 동안, 당시 보습학원에 다니던 딸을 마중갈 시간이 되어 화장지 사는 것도 잊어버린 채 그대로 슈퍼마켓을 나와 버렸다.

그 후 며칠인가 지나 슈퍼마켓에 갔더니 입구에 그 할머니가 서 계셨다.

할머니는 내 얼굴을 보고는 "기다렸잖아" 하고 말했다.

그리고 역시나 바구니를 들지 않고 내게 "자아, 가자고" 하시는 거다.

내가 "바구니를 사용하는 게 편리해요"라고 말하자, "필요 없어. 당신이 있으니까"라고 하셨다.

할머니께서 나를 의지하시는구나 하고 생각하자 갑자기 눈물이 났다.

할머니는 지난번과 마찬가지로 낫토를 사고, 말린 생선 두 마리를 사고, 그 밖에도 나와 할머니 둘이서 다 들지 못할 만큼 장을 봐서 계산하셨다. 하지만 나는 이 슈퍼마켓에 매일 오는 것도 아니어서 만약 내가 오지 않는 날은 할머니가 어떻게 하실 지 걱정이 되었다.

"할머니, 슈퍼마켓 입구에서 기다리셔도, 제가 오지 않는 날도 있어요"라고 하자, "댁은 걱정 안 해도 돼" 하시며 "신세졌으니까" 하며 말린 생선 한 마리를 주셨다.

그 후에도 한 번 더 총 세 번, 그 할머니와 함께 장을 봤다.

나는 그 슈퍼마켓에 갈 때마다 할머니가 안 계시면 무슨 일이라도 있는 건지 걱정되고, 계시면 기쁜 마음이 들었다. 그리고 결국 나도 모르게 할머니가 계시길 기대하게 되었다.

성함도 사는 곳도 모르지만, 어느새 할머니는 보고 싶어 견딜 수 없는 나의 소중한 사람이 되었다. 하지만 마지막으로 함께 장을 본 이후로는 만나지 못했지만 내 기억 속에서는 여전히 귀여운 할머니로 남아 있다.

만남은 인생의 보물이 된다

어느 날 우연히 만난 조직폭력배와의 이야기이다. 나는 쉽게 길을 잃어버려 혼자서 전철을 타는 일은 드물었지만, 그날은 도쿄의 야마노테센을 혼자 타야만 했다. 역에 도착해 전철 문이 열리자 뭔가 분위기가 이상했다. 검은 셔츠에 검은 양복을 입고, 검은 구두를 신은 짧은 머리의 남자가 어떤 학생의 목덜미를 잡은 채 때리고 있었다. 정신을 차리고보니, 내가 머리에서 발끝까지 검정 일색인 남자를 꽉 끌어안고 "괜찮아요, 무섭지 않아요. 무섭지 않으니까 괜찮아요" 하고 말하고 있는 것이다.

순간적으로 튀어나온 행동이었기 때문에 나 자신도 그때 왜 그렇게 행동했는지 그 이유를 잘 몰랐다. 그런데 검정 일색인 남자의 눈에서 눈물이 후두둑 떨어졌다. 그리고 그분은 학생을 붙잡고 있던 손을 풀고 내게 "나 깡패야" 하고 말했다. 나는 깡패라는 건 조직폭력배를 말하는건가 생각했다.

조직폭력배는 "왜 그런 행동을 했지?"라며 내게 물었다. 나는 "무척이나 괴로워보였거든요" 하고 대답했다. 강해보였지만, 눈물을 흘리고 있는 그의 모습에서 괴로운 일이 많은가보구나 하고 생각했기 때문이다. 내 말이 끝나기 무섭게 그는 또 "크흑"하고 소리를 내어 우는 것이었다.

나중에 내가 왜 그런 행동을 했었는지 가만히 혼자 생각해보다가 그 당시 나는 미카의 일 때문에 마음이 매우 괴로웠다는 것을 띠올렸다. 미카는 마음이 너무 괴로워 견딜 수 없게 되면 남의 머리카락을 쭉 잡아당기거나 때리거나 했다. 피아노처럼 무거운 물건도 있는 힘껏 "쿵-" 하고 넘어트렸다. 매우 가냘픈 여자아이였지만 그럴 때는 굉장히 화가 나있는 상태였기 때문에 엄청난 힘이 나왔다. 그래도 기분이 나아지지 않으면 자기 얼굴도 세게 때렸다. 결국 얼굴이 보라색으로 멍들기도 했다. 하지만 그렇게 화가 나있을 때도 내가 "미카가 너무 좋아" 하며 꼭 끌어안고, "괜찮아, 안 무서워"라고 말하면 점차 그 흥분을 진정시켰다.

내가 조직폭력배와 만난 시점은 학교에서 미카와 함께 지내는 시기였다. 조직폭력배는 큰 소리로 울고 나서는 내 옆 좌석에 나란히 앉았다. "어디 가세요?" 하고 묻기에 "강연회에 갑니다" 하고 답했다. 그리고 또 "누구의 강연회요?" 하길래 "제 강연회입니다" 하고 대답했다. 그러자 "거짓말하면 안 돼요" 하는 거다.

아마도 이런 내 모습을 보고 누군가의 앞에서 강연을 한들 들어주는 사람이 있겠나 싶은 듯했다. 거짓말을 한다고 여겨지는 게 서글프다고 느껴지던 차, 마침 내가 갖고 있던 《민들레 친구들(三伍館)》이라는 노란 책에 내 사진이 실려 있었기에 그 사진을 손가락으로 가리키며 "이게 저예요" 하고 말했다. 그제야 내 말을 믿어주며 "자신도 강연회에 따라가 이야기를 듣고 싶지만, 자신이 참석하면 폐를 끼칠 테니 못 가겠네요" 하고 말하는 거다. 그래서 우리는 친구가 되기로 하고, 내 주소를 알려주고 편지를 주고받기로 했다.

헤어질 때 그는 내게 "제가 지금 꼭 해주고 싶은 말이 있어요. 다음에 또 이런 일을 마주쳐도 오늘 같은 행동을 하면 안 돼요. 나처럼 착한 깡패만 있는 건 아니니깐. 쉽게 남을 안아준다거나, 금방 주소를 알려준다거나 하면 안 돼요" 하고 말했다. 그 친구는 그 뒤 《민들레 친구들》을 굉장히 많이 사 주었다. 친구는 조직에서도 두

목격(실은 보스였다)으로 조직의 아침 회의에서 내 책을 읽어 준다고 한다. 그는 매일 '민들레 친구들을 이야기해요'라고 쓴 편지도 보내주었다.

하루는 "갓코는 사람을 때리는 걸 싫어합니까?"라고 쓴 편지가 왔다. 나는 "좋아하지 않아요. 사람을 때리는 건, 굉장히 무섭다고 생각되기 때문에 좋아하지 않습니다. 이야기하고 싶은 건 그냥 말로 전달하면 돼요. 때리는 것은 좋아하지 않습니다"라고 답장을 써서 보냈다. 그랬더니 친구는 "그러면 나도 절대로 때리지 않을게요"라고 약속해 주었다.

그런데 어느 날, '내가 갓코와 한 약속을 깼어요'라고 쓴 편지가 왔다.

좁은 길을 큰 차로 이동하는데, 휠체어를 탄 할머니가 도랑에 빠져있었다고 했다. 차가 못 지나가게 되어 부하에게 "저 할머니 도와드려"라고 했더니, 부하가 차에서 내려서는 "거기 비켜" 하며 그 할머니를 때렸다는 거다. 그래서 화가 난 그 친구는 "내가 매일 《민들레 친구들》을 읽어 주는 이유를 모르겠어?"라고 말하며 젊은 부하를 때렸다는 거다.

사실 친구는 부하에게 "할머니가 길을 지나갈 수 있게 도와드려"라고 말하고 싶었는데 부하가 잘못 알아들은 것이다. 편지에는 이어서 "나는 벌레도 마음이 있다는 것을 알았습니다"라고 쓰여 있었다.

그리고 또 "지금까지 벌레라든가 그런 것들이, 가령 누군가를 좋아한다거나, 생각이 있다거나 하는 건 생각해본 적도 없었는데, 개구리가 창문에 앉아서 곤충을 잡아먹으려고 물끄러미 찬스를 노리고 있는 모습 등이 눈에 들어와 가만히 지켜보게 되었습니다"라고 적혀 있었다.

하루는 갑자기 컴퓨터로 작성된 편지가 도착해 무척이나 놀랐다. 그 편지에는 이렇게 적혀 있었다.

갓코 씨에게

안녕하세요. 잘 지내십니까?

갓코 씨가 깜짝 놀랐을 거라 생각해요. 그때부터 한동안은 컴퓨터 상자뚜껑을 열고 닫기만을 반복했어요. 그러나 언제까지고 이래봤자 결말이 나지 않을 게 분명하기에, 힘내서 일단 문자를 치는 연습부터 시작했어요. 이래봬도 문자 치느라 꽤 고생 중이지만, 갓코 씨의 놀란 얼굴을 머리에 떠올리며 편지부터 시작하고 있어요. 언제쯤이나 돼야 인터넷을 할 수 있을지 모르겠어요 (작가 주-내가 글을 올리고 있는 '민들레 친구들'이라는 홈 페이지를 볼 생각으로 컴퓨터를 샀다고 한다).

부하 중에서도 컴퓨터를 다룰 수 있는 녀석이 있으니 물어보면 좋으련만, 나라는 하찮은 인간은, 한심하게도 좀처럼 "가르쳐 줘"라는 말이 안 나옵니다. 갓코 씨는 어떻게 생각할지 모르겠지만, 다른 사람은 깡패가 컴퓨터를 다룰 줄 안다고는 생각지 않을 겁니다. 그러나 젊은 부하 중에는 기계를 좋아하는 녀석도 있습니다. 그래서 '가르쳐 줘' 하고 부탁하면 얼마나 기뻐할지 알고 있으면서도, 부하에게는 늘 '남에게는 배울 것 천지다' 하고 말하면서도, 나 스스로는 구차한 마음에 남에게 배우는 게 창피하다는 생각이 들어 그게 안 됩니다. 대단한 사람인양 굴지만, 실은 옹졸하다는 증거겠지요.

옹졸하다는 또 다른 증거로, 보내드린 인형은, 창피하지만 제가 직접 가서 산 것입니다(작가 주- 발렌타인 데이 선물로 커다란 키티를 보내주셨습니다).

부하에게 부탁할 수도 있었지만, 그것도 창피해서 직접 가게로 갔습니다. 가게 앞에서 들어가려다 말고 하기를 몇 번이고 반복하다 갓코 씨의 기뻐하는 모습이 보고 싶어 가게에 들어간 겁니다. 생각해보면 키티가 뭔지조차 몰랐던 내가, 가게에서 키티를 사려고 했으니 저도 참으로 별난 놈입니다. 가게에 있던 사람도 제가 들어가자 깜짝 놀란 것 같았습니다. 저랑 어울리지 않는 곳이라고 해야 하려나, 갓코 씨 같은 여성이 잔뜩 있었기 때문에 다시 밖으로 나가고 싶었습니다. 점원에게 "아무거나 좋으니깐 포장해 주시겠습니까?" 하고 말했더니, "아무거나라고 하셔도, 그건 좀 곤란합니다"라는 대답만이 돌아왔습니다. 점원 가까이에 있던 인형을 가리키며 "일단 그걸로"라고 말하고 샀습니다. 좀 더 다른 게 좋았을까요?

그런데, 전부터 제가 생각한 게 있습니다. 누구나 갓코 씨를 만나면, 갓코 씨를 만나기 전과 달라진다는 겁니다. 아직까지는 부하에게 뭔가를 배우거나 하지는 못하지만, 남에게 뭔가를 배우는 게 부끄럽다고 생각하지도 않고, 컴퓨터를 하고, 장난감 가게에도 들어가고, 지금껏 이런 것들은 생각해본 적도 없는 일들이었습니다. 누가 봐도 믿을 수 없는 일이겠죠. 그러나 내 주변에 있는 모두가 내게 "변했어, 변했다고" 말합니다. 《민들레 친구들》에 관한 이야기를 부하들에게 해주면서 그들도 변하는 게 느껴집니다. 아마 갓코 씨는 지금도 주위를 변화시켜가고 있을 겁니다. 그런데 갓코 씨는 늘 "그렇지 않아요" 하고 말하네요.

크리스마스 때, 아무런 선물도 못했습니다만, 그 키티 인형으로 참아 주세요. 감기 걸리지 마세요. 편지라는 건, 손으로 써도 힘들지만 컴퓨터로 써도 이렇게 힘드네요.

난생 처음 컴퓨터로 문자를 치느라 얼마나 힘들었을까 하는 생각이 들었다. 게다가 누구에게 배우지도 않고 이렇게 긴 문장의 편지를 보내 주었다고 생각하니 나도 모르게 눈물이 흘렀다. 친구는 나를 만나 변했다고 했지만, 나야말로 친구를 만나 많이 변했다. 나는 깡패나 조직폭력배는 무서운 사람들이라고만 생각했다. 친구를 만나기 전에는, 그런 사람은 권총으로 사람을 '탕'하고 쏘아 죽일까 하고 생각했었다.

그러나 그 친구는 매우 착한 사람으로 봉사활동에도 모든 부하들과 함께 참가하고 있었다. 동네 쓰레기도 줍는다고 하였다. 재해가 일어나면 제일 먼저 재해지역으로 가서 이재민들을 돕는다고 하였다. 동북지역(2011년 3월에 발생한 동일본대지진으로 쓰나미의 피해가 컸던 지역)에도 계속 가 있었다고 한다. 친구는 "갓코 씨는 어떻게 생각할지 모르지만, 우리 세계에는 출생이나 출신국, 자라온 환경 같은 여러 가지 이유 때문에 사회에서 차별받은 괴로운 경험을 한 젊은 녀석들이 많아요. 이 세계에서는 누구나 평등하고, 누구도 차별하지 않으니깐 이쪽으로 오는 거에요. 그런 괴로운 마음도 알아줬으면 해요. 사람은 깡패를 비난하지만, 그런 곳으로 몰아붙인 건 사회에 있는 사람들이니까요"라고 가르쳐 주었다.

나는 친구를 만날 때까지 그런 사실을 전혀 알지 못했다. 사람은 모두 다양한 성격을 가지고 태어난다. 태어나는 것도 성장배경도 다양하다. 그래도 사람과 사람이 사귀면, 사람은 여러 가지 중요한 사실을 깨닫고, 변할 수 있다. 그것이 바로 사람이 모두 다르게 태어나는 이유이고, 다양한 사람을 만나가는 이유라고 생각한다. 그 친구와는 지금도 메일로 연락을 주고받는 소중한 사이가 되었다.

앞에서 소개한 할머니처럼 더 이상 못 만나게 되는 사람도 있지만, 그래도 분명히 사람과 사람을 연결하는 만남의 매듭은 단단하게 이어진 채, 그 만남의 매듭은 서로에게 있어 틀림없이 소중히 여겨질 것이다. 어떤 만남도 분명 준비된 만남이라고 느낄 때 우리 인생에 보물이 쌓여가는 걸 깨닫게 된다.

생글생글 웃으며 살고 싶다

보물 같은 만남은 그 외에도 많이 있다. 나는 지금 미야부를 위해 쓰기 시작한 일기를 토대로 이메일매거진을 발송하고 있다. 이 이메일매거진은 '미야부 마음에 다리 놓기 프로젝트'로, 지금은 내가 쓰고 있다기보다는 읽어주시는 모든 분과 함께 만들어 가고 있다고 해도 좋을 만큼 신기하다. 이 이메일매거진으로 매일같이 많은 분들이 감상을 보내주신다.

어느 날 지에미 씨로부터 이메일을 받았다. 이메일의 서두에 느닷없이 '저와 갓코 씨는 뭐가 다른 걸까요'라고 적혀 있어, 어쩐지 순간 움찔했다.

갓코 씨에게

나와 갓코 씨는 뭐가 다른 걸까요?

갓코 씨와 미야부 씨의 이야기를 들었을 때, 두 사람은 얼마나 행운아인가 하고 생각했어요. 두 사람은 늘 행복해보이는데 나와 남편은 왜 이렇게 불행한걸까 하는 생각이 들었거든요.

그런데 며칠 전 갓코 씨와 미야부 씨에게는 재활치료선생님이 따로 없다는 사실을 알았습니다. 그리고 재활치료 전부를 갓코 씨 혼자 하고 계신다는 것에 충격을 받았습니다. 전에 이메일매거진에 그런 내용이 쓰여 있었던 것도 같은데, 대충 읽으며 넘어갔던 걸지도 모릅니다. 혼자서 재활치료를 도맡아 하신다는 사실을 알고 나서야 나는 모든 것이 이해되었습니다.

나는 지금까지 언제나 남을 탓해왔습니다. 남편은 알코올중독자였기 때문에 쓰러진 것도 자업자득이라고 생각했습니다. 남편은 매일 밤 술을 마셨습니다. 제가 그럴 때마다 그만 마시는 게 좋다고 그렇게나 이야기했건만 남편은 결국 쓰러졌습니다. 남편은 쓰러지기 삼 년 전까지 담배도 하루에 한 갑 이상 피웠을 뿐만 아니라 과식까지 했습니다. 남편은 본인 잘못으로 쓰러졌으니 어쩔 수 없는 일이라 쳐도, 남편을 향해 "왜 내 인생까지 바꿔야 하는 건데" 하고 책망했습니다. 그럴 때면, 말을 못하는 남편은 얼굴을 일그러뜨린 채 우는 겁니다.

미야부 씨가 쓰러졌던 당시의 상태를 알았을 때에는 남편의 상태가 차

라리 나은 편이었습니다. 의식이 없던 것은 불과 며칠이었습니다. 처음엔 손도 조금 움직였습니다. 그런데도 요관(尿管)도 떼지 못 하고, 앉는 것조차 못합니다.

의사가 나쁘다는 둥, 간호사가 나쁘다는 둥, 병원을 잘못 선택했다는 둥 운송한 구급차까지도 탓했습니다.

형편 없는 의사와 간호사, 재활치료사에게 진절머리를 내며 싸우고, 병원을 바꾸어도 남편의 상태는 좋아지지 않았습니다.

남편은 조금은 나아지는 낌새가 있었지만, 본인이 말하고 싶은 내용을 전달하는 의사전달방법도 제대로 못 배우고, 결국에는 재활치료도 중단되어 단지 죽는 날을 기다릴 뿐인 것 같았습니다.

그리고 그때마다 계속해서 남편을 원망했습니다.

"당신이 자기 멋대로 나나 가족의 인생까지 엉망으로 만든 거라고요. 이래선 냉동 참치와 다를 바가 없잖아요. 인간이라면 않아요. 제대로 말하라고요. 제대로 나으라고요."

매일같이 침대 곁에서 울었습니다. 그래도 남편은 내가 오면, 내가 오기만을 기다린 양 내 쪽을 물끄러미 쳐다봅니다.

미야부 씨의 회복에는 우리보다 훨씬 뛰어난 재활치료사가 붙어있기 때문이라고 제멋대로 판단해 믿고 있었습니다. 그런데 아무도 원망하지 않는 갓코 씨와 계속해서 모든 걸 남의 탓으로만 돌리고, 누군가를 원망만 해온 내 자신을 깨닫게 된 겁니다.

재활치료가 중단된 지금, 간호사나 간병인의 일이라고 생각하며 재활치료를 외면해온 내 자신의 모습도 알아차렸습니다. 이런 사실을 깨닫고 난 후, 어제 남편에게 갓코 씨와 미야부 씨의 이야기를 해주었습니다. 그리고 "당신을 원망하기만 해서 미안해요" 하고 말했습니다. 남편은 얼굴을 일그러뜨린 채 울었습니다.

나는 이렇게 남편을 원망해도, 사랑합니다. 그래서 매일 남편을 만나러 오는 겁니다.

남편도 나를 사랑합니다. 지금부터는 뭔가 변해갈 수 있을 거라고, 나도 남편도 뭔가 비뀌어갈 거라고 생각합니다. 갓코 씨와 미야부 씨에게 감사의 마음을 전하고 싶어서…….

메일을 보내주신 지에미 씨가 얼마나 괴로웠을까, 답답한 마음에 얼마나 힘들었을까 생각했더니 눈물이 나왔다. 지에미 씨는 나를 '아무도 원망하지 않는 갓코 씨'라고 말해주었지만, 사실 그렇지 않다. 운전 중에 눈앞으로 갑자기 차가 끼어들거나 내 생각이 좀처럼 전해지지 않거나 하면, '아아'라든가 '정말'이라고 생각할 때도 있다. 그리고 금방 누군가를 탓하고 싶어질 때도 있다. 그런데 그럴 때는 언제나 마음이 꽉 죄이듯이 아프고 답답해졌다. 그래서 지에미 씨도 괴로우셨겠구나 하고 공감이 된 것이다.

남을 탓하지 않을 때는 정말로 편안하다. 누군가를 탓하려고 하면, 누군가의 책임이라고 생각하기 때문에 긍정적으로 될 수 없지만, '이건 언젠가 올 좋은 날을 위해 있는 거야'라든가 '신이 계획한 일의 하나일 뿐이야' 하고 생각하면, 지금 내가 할 수 있는 일을 하자는 생각이 든다. 예를 들어, 미야부의 재활치료라고 한다면, 오늘은 손을 움직이고, 발을 움직이고, 잠깐 앉는 것도 해본다. 그런 작은 훈련들이 계속 쌓여 미야부의 손이 움직이거나 하는 결과로 나타나면, 이렇게 기쁘고 행복한 일이 있을까 하는 생각이 든다. 지에미 씨에게 메일을 받고, 나도 미야부도 매일같이 필사적으로 발버둥쳤던 날들이 있었다는 사실이 떠올랐다.

미야부는 내 질문에 눈빛이나 눈 깜박임 등으로 반응을 보여주고 있었지만, 반년이 지날 때까지도 계속 꿈을 꾸듯 멍한 상태였을 것이다. 그런데 반년이 지나고, 자신의 의지로 머리가 움직이게 되고 나서야 비로소 미야부 스스로가 자신이 놓여있는 상황을 깨달았다.

반년이 지났을 무렵, 내가 쓴 일기이다.

9월 10일

미야부 여동생에게 이메일이 왔다.

"오빠가 내게 돌아가라고 몹시 화를 내고 외면해서 그냥 돌아갑니다. 오늘은 엄마가 계신 곳에 다녀오려고요. 저주파 치료는커녕 아무 치료도 안 했습니다. 매일 오빠를 간병하게 해서 미안해요. 잘 부탁드립니다"라는 내용이었다.

미야부, 왜 그런 거야? 괴로워서, 슬픔으로 가득 차 버린거니?

병원에 갔더니 내 얼굴을 보자마자 역시나 슬픈 표정으로 고개를 저었다. "왜 그래?"라고 물으니 "낫지 못할 거야"라고 말한다. 역시나 미야부는 지금 자신이 처해있는 상황을 좀처럼 받아들이기 힘들어하는 것 같다. 당연하다고 생각한다. 그건 당연한 거다. 하지만, 나는 미야부에게 계속해서 나을 수 있다고 말해야 한다. 왜냐하면 진짜니깐.

있잖아, 미야부. 진심인데, 전에도 말했지만, 나는 단 한 번도 미야부가 낫지 못할 거라고 생각한 적이 없어. 목숨이 앞으로 몇 시간밖에 안 남았다고 들었어도, 며칠밖에 안 남았다고 들었어도, 평생 식물인간 상태라고 들었어도, 사지가 마비되었다고 들었을 때도, 기관절개관도 제거 못 하고 요관도 평생 못 뺀다고 들었을 때도, 나는 계속해서 "미야부는 괜찮습니다"라고 했어. 그리고 정말로 그렇게 생각하고 있었는걸. 미야부는 정말 내가 생각한대로 괜찮아지고 있잖아. 미야부는 낫고 싶지? 신은 미야부가 낫고 싶다고 생각하는대로 꼭 낫게 해주실 거야.

　미야부는 몇 번이고 울었다. 내가 미야부를 꽉 안으니 얼굴을 내 몸 쪽으로 기대어 누르는 것이 느껴졌다.
　"미야부, 기쁘다. 지금까지는 그렇게 얼굴로 밀지 못했어. 목에 힘이 들어가지 않아서, 내가 안아도 그냥 안긴 채로 있었는걸. 지금은 미야부가 내 몸에 얼굴을 기대서 누르는 게 느껴져. 나는 진심으로 낫는다고 생각하기 때문에 지금 미야부의 몸이 움직이지 않는다고 해도 슬프지 않아. 단지, 미야부가 슬퍼하는 그 슬픔이 내게도 느껴져서, 그게 괴로워. 있잖아, 괜찮아. 나를 믿어 봐. 내가 낫는다고 하고 있잖아. 그러니까 곧 나을 거야."

　내가 낫는다고 말하니깐 낫게 된다는 말, 사실 아무런 근거도 없는 말일지 모르지만, 그래도 나는 계속해서 "괜찮아, 괜찮아"라고 말했다.

몇 번이나 내가 "나을 거야"라고 말해도, 그때마다 미야부는 고개를 저었다. 내가 "슬퍼하고 있으면 뭔가가 변할까? 싫다고 말한들 뭐가 변할까?"라고 말하며 미야부의 얼굴을 들여다보니 '안 변해'라고 말하는 듯 고개를 저었다. 그런 건, 내가 말하지 않아도 미야부는 전부 알고 있다. 하지만 그래도 슬프고 괴로워서, 싫다고 고개를 저어버리는 거다. "있잖아, 미야부. 울어도 괜찮아. 슬픈걸. 하지만, 마지막에는 웃어야 해. 마지막에는 기쁜걸. 우리 항상 그렇게 있자."

나도 미야부도 슬프면 울 수 있어. 그래도 마지막에는 언제나 웃자. 왜냐하면, 자 봐, 오늘도 살아서, 목숨이 있어서, 이것 봐 이렇게 함께 있을 수 있었잖아?

미야부가 정신을 차렸을 때는, 몸을 전혀 움직일 수 없는 상태로, 눈동자조차 움직일 수 없고, 숨 쉬는 것조차도 힘들어 계속 병실에 누워 있어야만 했다. 미야부는 몇 번이나 "이 꿈을 깨워줘"라고 말하는 듯했다. 나는 그때마다 미야부에게 "꿈이 아니야. 사실이야. 하지만 내가 곁에 있을게. 그리고 미야부는 나을 거야. 이것도 사실이야. 반드시 나을 거야" 하고 마음속으로부터 믿으며 계속 말해 주었

다. 그리고 이것이 분명 효과가 있었다고 생각한다. 그 결과로 지금
이 있으니까 말이다.

　지금도 미야부는 자신이 어느 정도까지 좋아질 수 있을지 불안해
한다. 그래서 계속해서 말해준다. 포기하지 않는 한 반드시 계속해
서 좋아질 거라고. 그리고 미야부가 나을 수 있을 거라는 자신의 생
각을 전달할 수 있게 되고, 나에게 그런 생각을 전해주었기 때문에
나도 "나을 거야. 꼭 나을 거야"라는 믿음을 전할 수 있는 것이다.
　나는 괴로운 날에는 '이 우주는 사랑으로 가득 차 있기 때문에, 모
든 것이 다 괜찮기 때문에 앞으로도 괜찮을 거야'라는 생각을 되풀
이한다. 그렇게 생각하고 나서부터는 매우 편안해졌다.
　나는 지에미 씨에게 보내는 답장에 이렇게 썼다.

지에미 씨에게

나와 지에미 씨는 다르지 않아요. 같아요. 그리고 함께 노력하는 동료에요. 아, 좋은 거 깨달았다. 같이 노력하는 친구가 또 생겼잖아. 와, 기쁘다!

지에미 씨, 남편분과 지에미 씨, 두 사람만이 아니에요. 항상 모두 서로 도우며 살아가요. 이메일매거진에 호의를 가져주시는 분 모두가 마음이 따뜻한 분들이에요. 우주도 분명히 우리를 지켜주고 있어요. 괜찮아요, 괜찮아요. 영차! 힘내자고요.

이메일매거진에 지에미 씨에게 받은 이메일을 올렸더니, 다음날에는 이미 많은 분이 '지에미 씨, 괜찮아요. 자신을 탓하지 마세요. 지금 지에미 씨처럼 힘내는 동료가 있다는 걸 알게 되어 기쁩니다' 라며 이메일을 보내주셨다. 지에미 씨에게는 다시 이메일매거진을 통해서, 이메일로 보내주신 모두의 말을 전했다.

나는 진심으로 사람은 참 따뜻하다고 느꼈다. 이메일매거진 덕에 모두가 하나의 삶을 살고 있는 거라고 실감할 수 있었다.

지에미 씨가 또 메일을 보내주었다.

갓코 씨에게

이토록 따뜻한 눈물을 흘린 건 오랜만입니다. 모두에게 감사드린다고 전해주세요.

어제부터 재활치료에 들어갔습니다. 저는 이론이 먼저 앞서는 사람인지라 재활치료에 관한 책부터 사왔습니다. 우선은 손이랑 발을 부드럽게 하는 치료부터 시작했습니다. 손과 발은 계속 방치된 채였기 때문에 여간해선 부드러워지지 않았지만, 오늘 아침 다시 부드럽게 하려고 보니, 어제보다 약간 구부려지는 걸 느꼈습니다.

남편이 다정한 얼굴로 바라보고 있다는 걸 깨달았습니다. 이렇게 두 사람만의 다정한 시간을, 나는 얼마만에 되찾은 걸까요.

갓코 씨와 미야부 씨, 그리고 모두의 덕분입니다. 의사소통수단에 대해서도 갓코 씨가 가르쳐준 대로 해보고 싶습니다.

갓코 씨, 나는 오늘 조금 행복해졌습니다.

　　나도 미야부와 함께 하며 몇 번이나 생각했다. 행복은 언제나 자신의 손 안에 있다는 걸. 행복을 찾아내는 계기는 정말 사소한 것일지도 모른다. 그 예로, 일기에 "오늘도 눈앞에 살아 있어줘서 행복합니다"라든가, "오늘은 열이 40도까지는 안 올라서 기쁘다"라든가, "오늘은 숨 쉬는 게 조금 편해보여서 잘 됐어"라고 쓰여 있다. 정말로 그런 사소한 일이 무엇보다도 기뻤다.

지금까지 당연한 것처럼 숨 쉬어 온 일이, 결코 당연한 일이 아니라는 걸 깨달았을 때, 지금 굉장히 행복하구나 하고 느낄 수 있었다. 그리고 행복이 어디에나 있다는 사실을 깨달았다. 나 역시도, 아무도 원망하지 않을 수 있으면 얼마나 좋을까 생각한다. 하지만 생각과는 다르게 그렇지 못하는 일 역시 노상 있다. 그래도 지에미 씨랑 다른 여러 사람들이 써주는 메일을 읽으며 누구도 탓하지 말고 자신을 돌아보는 일이 중요하다는 사실이나, 원망하는 마음은 매우 괴로워서 아무런 득이 안 된다는 사실을 기억해낸다.

지에미 씨와 남편분이 최근에 굉장히 멋진 메일을 보내 주셨다.

간호사에게도 의사 선생님에게도, '두 분은 정말 열렬히 사랑하시군요' 하는 말을 언제나 듣습니다. 그러면 '우후후, 네, 정말 사랑해요' 하고 답합니다. 이제는 남들 앞에서도 남편이 새로운 행동을 하면

'기뻐, 역시 당신답네'하며 끌어안습니다. 후후, 기가 막히죠? 하지만, 좋아요. 행복합니다.

서로 등을 돌리고서는 좀처럼 해결할 수 없는 문제가, 마주봄으로써 문제를 해결할 방법이 나타나는 것처럼, 한 걸음 앞으로 내디디면 기쁜 날에도 한 걸음 가까워질 수 있다고 가르쳐주시는 것 같습니다.

저는 늘 되풀이해서 생각합니다.

아무리 괴로운 일이 있어도, 고통스러운 일이 있어도, 그것도 분명히 언젠가의 좋은 날을 위해 있다고 믿습니다.

때로는 너무나 괴로워서 도저히 누군가를 탓하지 않으면 견딜 수 없을 때도 분명히 있다고 생각하지만, 그런 이메일을 받으면, 그분이 얼마나 괴로운 걸까 하는 생각에 무척 염려됩니다.

'함께 웃으며 살아가요'라고 말하고 싶어집니다.

서로 끌어안고 모두 함께 싱긋 웃고 싶습니다.

제5장

친절하다는 것은
강한 것이다

왜 하느님은 인간에게 우주의 구조,
우주의 약속을 알려주려 하실까?
내가 어떤 모습으로 살아가든
넓은 우주가 그때 나와 함께
있어준다는 것에는
필시 큰 의미가 있을 것이다.

어떤 추억도 소중하다

　　'광대한 우주', '전지전능한 힘'을 《성경》은 '하느님'이라는 단어로 표현하고 있다고 생각한다. 처음 이스라엘에 갔을 때의 일이다. 현지 가이드 40년의 경력을 가진 사카키바라 시게루(榊原茂) 씨가 우리를 안내해주었다. 사카키바라 시게루를 사람들은 '바라'라 부르며 격이 없이 대했다. 버스가 향하는 길 끝에 산상수훈교회가 보였다. 여기에서 바라가 들려준 이야기는 내게 무척이나 소중하다.

"심령이 가난한 자는 복이 있나니 천국이 저희 것임이요.
　애통하는 자는 복이 있나니 저희가 위로를 받을 것임이요.
　온유한 자는 복이 있나니 저희가 땅을 기업으로 받을 것임이요.

의에 주리고 목마른 자는 복이 있나니 저희가 배부를 것임이요.

궁휼히 여기는 자는 복이 있나니 저희가 궁휼히 여김을 받을 것임이요.

마음이 청결한 자는 복이 있나니 저희가 하느님을 볼 것임이요.

화평케 하는 자는 복이 있나니 저희가 하느님의 아들이라 일컬음을 받을 것임이요.

의를 위해 핍박을 받는 자는 복이 있나니 천국이 저희 것임이라."
(마5:3-10).

이스라엘을 여행하면 그리스도의 행적을 면밀히 되짚을 수 있다. 특히 예루살렘은 예수님의 고뇌, 고통, 슬픔 그리고 처참한 육체적 질고를 안고 십자가에 매달리기까지의 과정을 알 수 있다. 여행 중에 나는 예수님과 예수님을 배빈한 유다를 계속 떠올리고 있었다.

어떤 장소에 다다랐을 때 바라는 "하느님께서는 예수님에게 '십자가를 지러 예루살렘으로 가라'고 말씀하셨습니다"고 말했다. 나는 예수님이 왜 일부러 십자가에 못 박히기 위해 예루살렘에 가야 했는지 의문이 들었다. 최후의 만찬을 먹었던 곳에도 갔다. 그곳에서 예수님은 '너희 중에 한 사람이 나를 팔리라(마26:21)'며 12제자에게 말한다. 그리고 제자인 유다에게 '네 하는 일을 속히 하라

(요13:27)'고 재촉한다.

이 예수님의 예언이란 무슨 뜻일까?

나는 '나를 배신하고 바리새인에게 나의 은신처를 밀고해라'는 뜻으로 해석한다.

예루살렘 거리의 한복판에서는 예수님의 고통과 질고를 조금이라도 알고자 무거운 십자가를 짊어지고 걷는 사람들이 보인다. 어디를 가든 눈물을 흘리며 열심히 기도하는 사람들도 어렵지 않게 눈에 띈다.

나는 예수님이 하필 왜 이 장소에서 십자가에 못 박혀 최후를 맞이한 것인지에 주목했다. 바라는 "예수님은 우리들의 죄를 씻기 위해 십자가에 못 박히셨습니다"라고 했다. 예수님이 죽고 이천 년이 지난 지금도 많은 사람들이 예수님에 의해 구원받고 있음을, 인류를 구원하기 위해 무거운 십자가를 지고 십자가에 못 박히는 과정이 필요했음을 예수님 자신이 알고 있었다는 것일까?

만약 그렇다면 그 시나리오 속 유다는 매우 큰 역할이다.

예수님은 이미 앞으로 일어날 일을 다 알고 있었기에 유다에게 '네 하는 일을 속히 하라'고 한 것일까? 너에게는 큰 소명이 있다고 유다에게 전하려 한 것일까?

함께 여행하던 아카쓰카(赤塚) 씨에게 물어봤다. 그는 독실한 기독교인으로 《성경》 내용에 밝다.

"하느님은 누구에게나 공평한가요?"

"아무렴 그렇지요."

나는 더욱 그를 추궁했다.

"예수님은 인간인가요?"

"그렇지요. 그리스도는 성령이 충만한, 사람의 자식이지요."

"그럼 아카쓰카 씨, 예수님은 유다와 평등한가요?"

아카쓰카는 잠시 생각에 잠기더니

"조금만 기다려 봐요"라고 했다.

나중에 얘기를 들어보니, 예수님을 그 누구보다 사랑하는 아카쓰카는 '예수님과 배신자 유다는 평등한가'라는 내 질문에 당치도 않는 것을 묻는다며 당황했다고 한다.

잠시 뜸을 들이고는 "몇 백 번 《성경》을 읽는 것보다 실제로 느낀 것이 정답에 가까울 수 있죠"라고 대답했다. 만약 유다가 바리새인에게 밀고를 하지 않았다면 예수님은 골고다 언덕에서 죽지 않았을 것이다. 십자가를 짊어지고 걸었던 예수님만큼이나 유다도 예수님의 최후의 장면에 큰 역할을 했다. 둘 중 하나가 없었다면 골고다 언덕에 예수님이 십자가에 못 박히는 일은 없었을 것이다. 그랬다면 이천 년이란 장구한 시간동안 예수님에 의해 많은 사람이 구원받는 일은 없었을 것이다. 비단 유다뿐 아니라 예수님의 최후의 장면에 있었던 모든 이가 동일하게 매우 중요한 존재였다.

나는 우리 반에서 예수 그리스도를 주제로 연극을 한다면 어떨까 하고 상상했다. 예수 역을 하고 싶어 하는 아이는 많아도 유다 역을 하고 싶어 하는 아이는 그다지 없지 않을까?

예수님은 훌륭한 사람으로서 추앙받지만 유다는 배신자로서 미움을 받으니 말이다.

내가 그 연극을 지도한다면 어떻게 가르칠까? 이 아이라면 유다 역을 맡아줄 거라 확신이 드는 아이에게 부탁할 것이다.

"부탁할 게 있어. 유다 역할 한번 맡아볼래? 여러 가지 힘든 점이 있겠지만 유다는 중요한 역할이야. 유다가 없으면 안 되는 연극이거든"이라고.

그러면 그 아이는 "유다는 배신자라서 싫지만 선생님이 이렇게까지 부탁하시니까 할 수 없죠. 좋아요. 할게요"라고 대답해주지 않을까?

유다는 예수님과 그밖의 제자들보다 그런 의미에서 훨씬 괴로웠을 것이다. 각오하지 않으면 소화할 수 없는 힘든 역할이었던 것이다.

유다는 아마 태어나기 전에 하느님께 "예수님을 배신하는 역을 하라. 이제부터 고통이 따를지어다. 그 역을 하라"는 계시를 받아서 "하느님 말씀에 따르겠습니다" 하고 스스로 '유다'를 선택했을지도 모른다.

눈앞에 괴로운 인생이 기다리고 있는 것을 알고도 그 인생을 택하다니 감탄할 따름이다. 그리고 하느님은 유다를 매우 신뢰했기 때문에 그 역을 부탁했던 것은 아닐까?

'심령이 가난한 자는 복이 있나니 천국이 저희 것임이요.'

바라가 가르쳐준 말을 음미해보았다. 예수님도 유다가 사람들에게 손가락질 당하고 스스로도 괴로워하며 견디기 힘든 슬픔과 고통을 짊어지고 살아가야 했음을 알았기에 유다를 매우 귀중한 존재로 여기지 않았을까? 예수님은 더욱이 막달라 마리아와 세리(稅吏) 등 사람들로부터 천대받고 소외당한 이들에게 먼저 다가갔다. 이것이 '애통하는 자는 복이 있나니'라는 말에 나타나 있는 것 같았다.

세상만물이 전지전능하신 하느님의 창조물이고, 소외된 자는 하느님의 쓰임을 받아 험난한 인생을 산다는 것을 예수님은 알고 있었기 때문일까?

예수님은 '네 이웃을 사랑하라'고 했다.

'네 이웃이 무척이나 좋은 사람이든 반대로 나쁜 사람처럼 보이든 그 사람이 그런 사람인 것은 하느님의 뜻이고 모두 자기 인생을 열심히 살고 있기에 소중하다. 그러니까 서로 사랑하십시오'라고 예수님은 생각하지 않았을까?

"행복이란 하느님의 말씀을 듣고 그것에 순종하는 것입니다."

어떤 사람으로 태어났든 그것은 하느님의 뜻이고 스스로 그 인생을 받아들이기로 택했으니 자부심을 갖고 자신을 소중히 여기며 살아가면 된다고 하느님께서 말씀해주시는 것 같았다. 고통스럽고 슬플 때마다 하느님이 우리를 사랑하심을 되뇌며 눈물을 흘렸다.

나에게는 꽤 오랫동안 생각하지 않기로 한 것이 있다.

사람은 다양할수록 좋다. 얼굴 생김새도 다르고 잘하고 못하는 것도 제각각이니 어떤 사람이 인간적으로 가치가 있다는 식의 사고방식은 잘못된 것임을 스스로 잘 알고 있다고 생각했다.

하지만 따뜻하게 대해주는 사람과 쌀쌀맞게 구는 사람이 있다면 따뜻한 사람 쪽이 좋은 것은 어쩔 수 없다. 게으름을 피우는 사람보다 부지런한 사람이, 어두운 사람보다 밝은 사람이 좋았다. 욱하고 난폭해지는 사람보다 온화하고 사람에게 상처주지 않는 사람이 인간적으로 훌륭하다고 생각했다.

사람은 다양할수록 좋다고 말은 하면서도 자신의 생각의 저변은 외면하고 있었음을 깨달았다.

이스라엘에 와서 유다와 예수님을 떠올리며 그것이 틀렸다는 것을 알게 됐다. 성격도 다양할수록 좋은 것이다.

얼굴 이목구비를 자신의 힘으로 고를 수 없고 태어날 환경을 선택할 수 없듯이 성격 또한 사람의 힘이 미치는 영역이 아니다.

태어났을 때부터 타고났을 확률이 크다.

그런데 나는 지금까지 자신의 힘으로 어찌할 수 없는 깃을 갖고 애꿎은 아이들만 다그쳐 왔디.

그때마다 아이들은 얼마나 상처를 받았을까?

만약 내 눈앞에서 아이가 친구를 때렸다면, 나는 당연히 아이를 말릴 것이다.

그리고 아이들에게 "싸우지 말고 사이좋게 놀아라"고 말할 것이다. 그때 태어나길 온순하게 태어난 아이들은 힘들이지 않고 얌전히 있을 것이다. 버럭 화를 내는 일이 많은 아이들도 "선생님이 착하게 놀라고 했어. 싸우면 안 된다고 했으니까 참아야지" 하며 내 앞에서 사이좋게 놀 것이다. 열심히 노력해서 착한 아이가 되려는 아이들은 얼마나 사랑스러운가. 나 자신도 포함해서 모두 진심으로 사랑스러운 존재라고 생각했다.

아이들에게 쭉 배워온 것이 있다면 자기 자신의 모습을 잃지 않는 것이 얼마나 소중한가 하는 것이다. 어느 나라의 어떤 환경에서 태어났건, 잘하는 것이 무엇이든, 반대로 못하는 것이 무엇이든, 내가 어떤 모습으로 살아가든 넓은 우주가 그때 나와 함께 있어준다는 것에는 필시 큰 의미가 있을 것이다. 그리고 내가 내 자신에게 가장 적합했기에 나는 지금의 나로 태어난 것이다. 그리고 그것은 스스로를 사랑해도 좋다는 뜻이다.

괴로움과 고통이 있으므로 구원도 있다

　　나는 지금 두 번째 이스라엘 여행을 하면서 이 원고를 쓰고 있다. 여행은 일상에서 조금 벗어나 여러 생각을 하게 한다. 나는 '왜 예수님이 인간일 필요가 있었던 것일까?'를 생각해 보았다. '예수님이 신이 아니라 군이 인간일 필요가 있었나?'는 계속해서 풀리지 않는 의문이었다.

　　만약 예수님이 신이었다면 처음부터 많은 사람이 고통 받는 일 없이 기적을 일으켜서 병과 상처로 고통을 받고 있는 사람을 구원할 수 있었을지도 모른다. 그러나 예수님은 신이 아닌 인간이기 때문에 고뇌도 고통도 느낀다. 그 이유는 무엇일까?

저번 여행처럼 예수님이 태어나서 죽을 때까지의 행적을 밟아봤다. 구시가지에서 골고다 언덕에 가는 길은 예수님이 날카로운 가시면류관을 쓰고 무거운 십자가를 짊어지고 걸었던 장소다. 골고다 언덕에 도달하기까지 여기저기에 걸려 있는 예수님을 그린 그림을 봤다. 예수님은 살점이 찢어지고 피가 뿜어져 나와 만신창이가 되어 지독히 무겁고, 나무 거스러미가 일어난 십자가를 등에 지게 된다.

비아돌로로사(Via Dolorosa), 즉 '십자가의 길'로 불리는 십자가 처형에 이르는 노정은 800m 정도로 마침 그곳을 지나가던 구레네 출신 시몬이 예수님 대신 십자가를 지게 된다(막15:21). 예수님은 육체적 고통 이상의 영적 고통을 감내하고 있었을 것이다.

바라는 여행 중에 몇 번이고 예수님이 당시 어떤 심정이었을 것인지 말해 주었다.

그리고 나도 예수님의 슬픔과 고통이 가슴 깊은 곳까지 스며들어 당시 예수님의 심정을 알 것 같았다. 예수님이 인간으로서 느꼈을 고뇌, 고통, 어떤 때는 제자에게 배신당했을 때의 개탄, 그것을 《성경》으로 읽고 눈물을 훔친다. 우리는 상대방의 고통을 내 고통처럼 느낄 수 있게끔 만들어졌기 때문에 눈물이 나는 것이다.

내가 보육원에 다녔던 어린 시절, 미타니(三谷) 선생님이라는 크리스천 선생님이 계셨다.

몸이 약해 친구들과 부대끼며 놀지 못했던 나는 혼자서 방 안에 웅크려 지내는 일이 많았다. 그 시절 미타니 선생님은 예수님 이야기를 많이 해주셨다. 선생님은 몇 번이나 "우리의 죄를 사하기 위해 예수님은 돌아가신 거란다"고 했다. 나는 그게 무슨 뜻인지 잘 알 수 없었다. 바라 역시도 "예수님은 우리들의 죄 값을 치르러 십자가에 못 박힌 것입니다"라고 말했다. 그렇게 오래 전에 살았던 사람이 어떻게 나의 죄 값을 치른다는 거지? 나는 알 수 없었다. 그 의문이 이스라엘을 여행하면서 조금씩 풀리는 것 같은 느낌이었다.

지금까지 내가 이 책에서 반복해서 말해온 '우주의 약속', 다시 말해 하느님의 뜻이 우리가 태초에 만들어진 조그만 한 점에 있었다면 상소와 시간의 흐름을 초월해 모든 것은 얽히고설켜 존재할 것이다. 따라서 우리들이 서로를 상관 없다고 할 수 없는 것이다. 예수님이 그렇게 고통스럽게 죽음을 맞이한 것에도 분명히 중요한 의미가 있을 것이다. 또한 예수님은 우주와 통하는 분이라 그것을 알고 있었을 것이다.

그렇기 때문에 예수님은 십자가에 못 박혀 돌아가실 것을 알고도 예루살렘으로 향했고 아무리 고통스러워도 그 고통이 앞으로 몇천 년 후의 인류를 구원할 것이기에, 그것을 운명으로 받아들인 것이 아닐까?

예수님의 인생과는 별개라고 생각한 내 인생도 결코 예수님의 슬픔과 고통과 상관없지 않음을 깨달았다. 그러자 걷는 도중에 눈물이 왈칵 쏟아졌다.

예수님은 매일 하느님의 뜻에 순종하며 최선을 다하는 삶을 살았을 것이다. 그 삶의 고뇌, 고통이《성경》에 고스란히 담겨져 읽는 자의 가슴을 울리고 때로는 분개케 하고 무엇보다 큰 기쁨을 갖고 살아가게끔 해준다.

또 하나 생각한 것은 예수님은 우리와 같은 인간이기 때문에 우리와 같은 A·T·C·G 유전자 암호를 가질 것이고, 한참을 거슬러 올라가면 우리도 하나의 점에서 시작되기 때문에 우리 모두의 안에도 예수님이 있다는 것이다.

열심히 기도하면 우리 안에 있는 예수님과 만나 이천 년도 훨씬 넘은 사건을 마치 눈앞에서 보는 것같이 그 고뇌와 고통도 느낄 수 있지 않을까? 역시 예수님은 인간일 필요가 있었다. 나는 예수님

을 인간으로 생각하니 더욱 예수님이 좋아졌다. 감정이 복받쳐 눈
물이 흐른다.

사람을 믿는 것에 가치를 둬야 한다

　　이스라엘의 홀로코스트 기념관에 들렀다. 잠깐 이스라엘과 유대민족의 역사를 되짚어 보기 위해서다. 신념이 있다면 하느님과도 겨루어 이긴다는 뜻의 '이스라엘'이란 명칭은 애굽 땅으로 건너가 노예로 팔린 야곱이 후에 얻게 되는 이름에서 비롯된 것이다.
　야곱은 우여곡절 끝에 이스라엘 가나안 땅으로 돌아와 예루살렘 신전을 지었다. 그 후 이스라엘은 둘로 나뉘고 앗시리아와 바빌론에 의해 멸망한다. 바빌론에서 독립한 유다 왕국도 곧 로마군에 의해 함락된다. 유대민족은 아프리카, 유럽, 러시아, 북미 등 세계 곳곳에 흩어져 살게 된다.

　뿔뿔이 흩어졌지만 그들은 유대민족이라는 자부심과 민족의 정체성을 결코 잃지 않았다. 세계 곳곳에 흩어진 유대민족은 온갖 박해를 받는다. 예수를 메시아로 믿는 그리스도 교도에게 예수는 메시아가 아니라고 주장하는 유대민족은 박해의 대상이 됐다. 십자군 또한 이스라엘에서 유대민족을 박해하고 학살했다. 그 움직임과 더불어 유럽에서는 유대민족의 거주지를 한정해 그들을 격리하고 그들에게 차별 배지를 달았다. 또 제2차 세계대전 때 히틀러는 경제파탄의 원인을 유대인의 탓으로 돌려 유대인이라는 이유만으로 그들을 강제수용소에 가두고 대량학살을 했다.

홀로코스트 기념관에는 많은 사진과 소지품이 전시돼 있었다. 나는 홀로코스트 기념관에 가는 것이 무서웠다. 울음을 터뜨릴 게 뻔하고 슬픔과 괴로움이 몸속으로 파고들어 얼빠진 사람이 될 것이다. 그런데 정작 바라에게 데려가 달라고 부탁한 것은 바로 나였다. 이전에 이런 일이 있었다. 다이와 캄보디아 사진집을 볼 때 내가 울음을 그치지 못하자 다이가 시를 지어준 적이 있다.

책 읽으며 울 바엔
'이제 그만 하자'고 생각했는데
'알아야 하니까 읽는 거야' 하고 말한다

보기 싫으니까, 무서우니까 보지 않고 지나치면 되는 거 아닌가 하는 생각이 안 들었던 것은 아니다. 1942년에 독일 나치군은 유대인을 절멸하려 아우슈비츠 제2수용소를 세웠다. 여기에서 많을 때는 9만 명의 사람이 수용되어 죽음으로 인도됐다. 기념관의 사진 중에는 수용소 안으로 연결되어 있는 철로를 찍은 사진이 있다. 유럽 전역에서 많은 수의 유대인이 화물열차에 실려온 것이다. 유대인은 목욕을 한다는 말에 벌거숭이가 돼 들어간 처형실에서 천정 구멍으로 치클론(Zyklon) B라는 독가스를 맡고 고통으로 몸부림치며 죽어나갔다.

　아우슈비츠에서 죽은 사람의 수는 140만 명에 달한다고 한다. 유대인을 감별하기 위해 군인에게 사람 얼굴의 눈과 눈 사이의 치수와 코 밑에서 턱까지의 치수를 재게 해서 그것을 보고 공포에 질린 아이들의 사진도 있었다. 이제부터 어떤 일이 벌어질지 상상도 못한 채 즐겁게 지내고 있는 유대인들의 사진과 그 후 끌려가는 그들의 사진. 벌거숭이가 되고 머리털은 밀려 독가스 처형실로 끌려가는 사람들.
　각종 학대 도구. 더더욱 나를 처연해지게 하는 사진이 쪽 나열돼 있었다.

'인간이 이런 짓까지 할 수 있구나.' 나는 눈물을 훔치는 일조차 할 수 없었다.

미야부가 쓰러지기 전에 어느 텔레비전 프로를 보았다. 세계문화 유산을 소개하는 프로였는데 '부(負)의 문화유산'으로 불리는 아우슈비츠를 다루고 있었다. '부의 문화유산'이란 인류가 저지른 비참한 사건을 전하고 그런 비극이 두 번 다시 일어나지 않게끔 사람들에게 경각심을 일으킬 목적으로 그 장소를 남겨둘 필요가 있어 지정된 것이다.

아우슈비츠에는 '죽음의 블록'이라 불리며 수용자들이 가장 두려워했다는 11호 동이 있다. 그곳에는 반나치스 운동을 한 자를 수용해 끔찍한 고문을 하거나 총살형을 하던 장소다. 텔레비전 프로에 나온 것은 19살의 나이로 아우슈비츠 11호 동에 투옥됐지만 기적적으로 살아 돌아온 폴란드인 아우구스트 코왈크직(August Kow-alczyk)이었다.

코왈크직은 인종이 다르다는 단 하나의 이유만으로 말로 다 할 수 없을 정도의 심한 고문을 당했다. 독일의 나치들은 인간을 인간이 아닌 물건 또는 벌레같이 다뤘다. 몸도 마음도 죽을 것만 같은 하루하루였을 것이다. 코왈크직은 탈옥하고 벌써 몇 십 년이 지났는데도 그때 겪었던 일을 잊지 못하고 악몽에 시달린다고 한다.

홀로코스트 기념관에서 사진을 보고 느낀 점은 살인이 게임하듯 또는 밥먹듯 태연하게 자행됐다는 것이다. 코왈크직과 포로들은 더 이상 인간을 신뢰할 수 없었을 것이다. 코왈크직은 아우슈비츠에서 탈출해 한 농가의 도움을 받았고 종전을 맞이하게 된다.

텔레비전 속 노령의 코왈크직은 그 농가의 헛간에서 자신이 다시 태어났다고 했다.

그리고 "인간은 신뢰할 수 있는 존재라는 것을 이 사람의 존재가 증명하고 있습니다"라고 말하며 당시 소녀였던 농가의 딸을 꼭 껴안았다. 코왈크직은 전후 독일 청년들에게 수용소에서 겪은 일을 계속해서 전하고 있다. 그는 마음 깊숙한 곳에서 결코 지워지지 않는 기억을 다음 세대에 전하는 일이 생존한 자들의 짊어져야 할 책임으로 여기는 듯하다.

코왈크직을 도와준 농가의 가족은 포로를 숨겨준 사실이 발각 됐다면 큰 처벌을 피할 수 없었을 것이다. 하지만 눈앞에서 목숨을 구걸하는 사람을 죽게 내버려 둘 수는 없었다. 나는 그 프로를 보고 계속 '사람은 믿을 가치가 있을까?' 하고 생각했다.

코왈크직이 처참한 고문을 당하고도 '그렇다'고 대답했다는 것에도 주목했다.

사랑은 가슴을 뜨겁게 한다

이스라엘 홀로코스트 기념관에 이름이 새겨진 스기하라 지우네를 말하려고 한다. 리투아니아의 일본 영사관 영사대리가 된 스기하라 지우네는 한창 제2차 세계대전이 벌어지고 있을 때 괴이한 상황에 놓여 있었다. 영사관 밖에 있는 많은 사람들이 필사적으로 무언가를 부르짖고 있었다. 그들은 모두 유대인이었다.

그 당시 유대인의 도피처는 네덜란드령 쿠라사우 섬(Curacao)뿐이었다.

그리고 그곳에 가기 위해선 소련과 일본을 통과해야만 했다. 그들은 나치의 박해에서 벗어나기 위해 일본 통과비자를 발급받으러 모여든 것이다. 당시 일본과 나치스 독일은 동맹관계를 맺고 있었기 때문에 유대인을 구하면 독일을 배신하는 것이었다.

스기하라는 유대인의 비자발행을 위한 허가를 얻기 위해 일본 외무성(外務省)에 전보를 쳤지만 회신은 없었다. 몇 번이나 전보를 쳤지만 겨우 돌아오는 건 '자격 조건 미달'이라는 답이었다. 스기하라는 그때 결심을 한다. '내가 직접 그들을 구하자. 처벌을 받는다 해도 어쩔 수 없다. 인간으로서 신념을 지키자.'

그리고는 그때부터 부지런히 유대인들에게 비자를 발급한다. 만약 자신이 처벌 받는다 해도 눈앞의 사람을 보고만 있을 수는 없었다. 스기하라는 그렇게 6,000명의 유대인의 목숨을 구했다. 그는 자신의 이익과 지위를 포기하면서도 눈앞의 고통을 안고 있는 사람을 내버려 두지 않았다. 나는 이것이 인간 본연의 모습이라고 생각한다.

우연히 다이하고 같이 전쟁 다큐멘터리 프로를 본 적이 있다. 어느 미 군인은 베트남에서 훈장을 받고 고국에 돌아갔지만 정신적으로 문제가 생겼다. 자신의 2살 난 아이를 껴안고 "아이가 죽었다. 살해당했다"며 외치고 식사를 하지도, 잠을 자지도 못하는 영상이 나왔다. 다이는 그 화면을 보고 시를 지었다.

죽으러 태어난 것이 아니다
죽이러 태어난 것이 아니다
전쟁은 중요한 것을 잊고 있다

인간은 인간을 죽이거나 상처주게끔 만들어지지 않았다. 나는 전쟁이 인간에게 극악한 일을 저지르게끔 했다 할지라도 인간은 믿을 만한 가치가 있다고 생각한다.

우리들 깊숙한 곳과 연결돼 있는 넓은 우주는 사랑으로 가득해, 우리들 모두 착한 마음을 갖고 있다고 믿고 싶다. 그리고 또 하나 생각했다.

사람을 생각하는 따뜻한 마음은 하느님과 직접 소통하고 있어 무엇보다도 강하다는 것. 간디는 '주먹을 쥐고 있으면 악수를 할 수 없다'고 했다.

마틴 루터 킹 목사는 '어둠으로는 어둠을 쫓아낼 수 없다. 오직 빛만이 어둠을 밝힐 수 있다'고 했다.

둘 다 비폭력·불복종 운동을 펼쳤다.

이 둘의 말과 행동에 가슴이 뜨거워지는 것은 왜일까? 달라이라

마 법왕은 이렇게 말한다. "평화, 정의, 자유를 향한 인간의 사랑은 잔학행위와 억압을 반드시 이기게 되어 있습니다. 그렇기 때문에 저는 열렬한 비폭력주의자입니다. 후회 없이 죽음을 맞이하고 싶다면 지금 이 순간을 타인을 위해 써야 합니다. 부디 시기하는 마음을 버리십시오. 남을 이기겠다는 생각을 버리십시오. 그 대신 타인을 위해 살고자 하십시오. 관용과 용기를 갖고 할 수 있다는 마음가짐으로 그가 어떤 사람이든 웃음으로 맞이하십시오. 정직해지십시오. 차별하지 않도록 노력하십시오. 모든 사람을 친구처럼 대하십시오. 나는 한 사람의 인간으로서, 여러분과 똑같이 행복을 바라고 고통을 바라지 않는 인간으로서 부탁하고 있는 것입니다."

우리를 만든 태초의 한 점 빛은 우리들 안에서 온전히 빛나고 있다. 그렇기 때문에 간디 수상, 마틴 루터 킹 목사, 달라이라마 법왕의 사랑이 가득한 말씀에 눈물이 나는 것이다.

사실은 모두 똑같다

몇 년 전의 일이다. 스님들 앞에서 강연을 할 기회가 있었다. 설교의 전문가인 스님들 앞에서 강연을 하려니 불안하고 두근거렸다. 그런데 아주 기쁜 일이 있었다.

주최자가 "오늘 저명하신 큰스님께서 오셔서 야마모토 씨와 단둘이 두 시간 정도를 함께 하실 것입니다. 물어보고 싶으신 거 편하게 물어보세요."

나는 모르는 것 투성이었다. 이런 거 물어보면 웃음거리가 되는 거 아닌가 하고 생각하면서도 계속 의문이었던 것들을 질문했다.

"좀전에 스님이 '신란쇼닌이 깨달았다'(親鸞聖人, 정토 진종(浄土真宗,じょうどしんしゅう)를 개종(開宗)함. 신란(親鸞)은 1173년 중급귀

족의 신분으로 태어났다. 호넨(法然)의 정토왕생(浄土往生)의 가르침을 계승해 완성시켰다고 하셨는데 '깨달았다'는 어떤 의미인가요? 그리고 '나무아미타불' 무슨 뜻인가요?"

아마 이런 건 그 모임에 있는 아무나 잡고 물어보면 알 수 있었을지도 모른다. 그러나 나는 아무 것도 몰랐다. 스님은 그런 나를 보며 비웃지도 않고 온화한 모습으로 정성스럽게 가르쳐 주었다.

"어떤 상태를 '깨달았다'고 하면 모든 것이 순리대로 된다는 것입니다. 우연이란 건 없고 언제나 일어날 일이 일어나고 만나야 할 것이 만나는 것이지요." 그리고 '나무아미타불'이란 사람이 헛되지 않도록 물(物), 사(事), 인(人)이 제 역할을 하기 위해 출현(出現)해 서로 만나는 것입니다. 주변에 있는 모든 것이 그 사람에게 필요하기 때문에 거기에 있는 것이지요."

"자주 노인 분들이 '덕분이에요'라고 하는 게 그런 뜻인가요?"
"그렇습니다. 괴롭고 슬프다고 느껴지는 일조차 우리를 위해 준비된 것입니다." 이야기를 들으면서 나는 매우 의아했다. 왜냐하면 스님이 나에게 가르쳐준 것은 언제나 다이와 학교에서 아이들이 가르쳐 준 것과 같았기 때문이다. 나는 깨달음과 나무아미타불의 의미를 굉장히 어렵게만 생각했는데 스님의 이야기를 듣고 큰 깨달음을 얻었다.

큰스님이 말씀하신 석가모니의 가르침과 다이와 학교 아이들이 말하는 게 같은 것은 왜일까? 스님에게 "옛날 사람들은 어떻게 그런 것을 알게 됐을까요?"라고 묻자 스님은 온화하게 미소를 머금으며 "그건 진리니까요" 하고 대답했다. 당시를 떠올리면 지금도 기쁨으로 가슴이 벅차오른다.

아이들이 가르쳐준 것도, 종교·과학·철학이 해명해온 것도, 발리·네팔·페루·이스라엘 세계 곳곳에서 계속해서 들은 것도 역시 진리였다는 사실에 정말 기쁘다.

그런데 스님은 '헛되지 않도록 물(物), 사(事), 인(人)이 제 역할을 하기 위해 출현(出現)해 서로 만나는 것이다'라고 했다. 이것은 우리들이 조우하는 물건, 일, 사람은 우연이 아니라 필연적으로 만난다는 것이다. 다이도 '만남은 서로가 필요한 거야'라고 했다.

우연히 만난 친구가 지금 자신에게 매우 소중한 깨달음을 줄 때가 있다. 우연히 만난 것 같지만 돌이켜보면 사실 그것은 우연이 아니었던 것인가? 자기 마음 내키는 대로 살고 있다고 생각해도 실은 그렇지 않은 걸까?

무라카미 가즈오 교수[村上和雄, 무라카미 교수는 고혈압의 원인이 되는 유전자, 일명 레닌 유전자를 밝혀냈으며 현재 쓰쿠바대학(筑波大学) 등의 연구 인력을 이끌며 유전자 기능을 밝히는 연구를 진행하고 있다. 이 같은 업적을 바탕으로 유력한 노벨상 후보로 거론되기도 했다] 그를 만났을 때 나는 "언제나 얼토당토 않은 일만 생각해내고 별쭝난 일만 머릿속에 가득해요"라고 했다.

무라카미 교수은 원래 친절해서서 "그게 좋은 거예요"라고 대답해주셨다. 그리고 "그게 진짜 중요한 거예요"라고 덧붙였다. 나는 감사했다. 교수가 그때 얘기해 준 것은 '밤의 과학'(Night Science)에 관한 것이었다. 무라카미 교수는 과학에는 '낮의 과학(Day Science)'과 '밤의 과학(Night Science)'이 있다고 했다.

이론과 실증에 기초해 이론적인 측면을 갖는 과학, 이것이 '낮의 과학'이고 직감과 영감 등 감성적인 과학을 '밤의 과학'이라 한다.

물론 '낮의 과학'도 중요하지만 우리의 문화와 과학을 구축해온 것은 '밤의 과학'의 힘이 크다고 교수는 말한다.

에사키 레오나 박사(江崎玲於奈, 불순물이 다량으로 포함된 다이오드에 전압을 높여 전류가 줄어드는 현상을 기반으로 '에사키 터널 다이오드'를 제작했다. 그 업적으로 1973년 노벨 물리학상 수상)도 '발견과 신 이론의 맹아는 언제나 '밤의 과학에 있다'고 학생들에게 말한다고 한다. 얼토당토 않은 일을 생각하는 습관은 접어두어라. 영감은 정말이지 큰 힘을 갖고 있지 않은가.

노벨상을 수상한 고시바 마사토시 박사(小柴昌俊, 중성미자 천문학을 창시한 일본의 천체물리학자. 우주에서 날아온 중성미자와 X선을 처음으로 관측한 공로로 2002년 노벨 물리학상을 받았다)는 영감에 의해 중성미자를 발견했고 유카와 히데키 박사(湯川秀樹, 1949년 중간자 이론으로 전후 일본에 최초로 노벨상을 안겨줌. 노벨물리학상을 수상. 핵력을 매개하는 장으로서 중간자문제에 도달해 그 질량을 산출했다)도 영감에 의해 양자와 중성자를 결합시켜 원자핵을 파괴하지 않는 힘의 비밀을 밝혀냈다고 한다.

유카와 히데키의 자서전에는 다음과 같은 문장이 있다. '나는 비좁은 방에서 자고 있었다. 언제나처럼 잠자리에 들어 여러 가지 생각을 하고 있었다. 나는 불면증에 시달리고 있었다. 갖가지 생각이 꼬리에 꼬리를 물고 머릿속에 떠오르는 것이다. 잊어버릴까봐 베갯머리에는 항상 노트가 놓여 있다. 아이디어 하나가 떠오를 때마다 전등을 켜고 노트에 적어둔다. 이런 일이 며칠이고 계속됐다. 10월 초의 어느 밤 나는 불현듯 알게 됐다.

한편 나의 고향인 이시카와현(石川県) 출신의 철학자 니시다 기타로(西田 幾多郎)는 우주 법칙에 관한 생각을 《선의 연구(善の研究)》라는 책에 피력했다. 니시다 기타로도 '철학의 길(哲学の道, 교토시 사쿄쿠(京都市 左京区)에 있는 좁은 길이다. 철학자 니시다 기타로가 깊이 사색을 하며 걷던 길이라고 해서 붙여진 이름이다. 많은 학자가 철학의 길을 산책하며 연구 아이디어를 얻는다고 한다. 교토대학(京都大学)이 노벨상 수상자를 5명이나 배출한 비결이라고도 일컬어진다)'을 산책하면서 여러 생각이 번뜩였을 것이다.

지금까지 과학과 학문을 구축해온 사람들에게 영감이 불가결했다는 사실은 매우 흥미롭다. 알아본 결과 영감을 얻을 때 사용하는 뇌는 '원시뇌(인간의 뇌는 기능적으로 신피질, 구피질, 뇌간의 3개 층으로 나뉜다. 진화의 역사에서 가장 오래된 뇌간은 '파충류의 뇌' 혹은 '원시뇌'로 불리며 생명현상을 직접 담당한다)'라는 사실이 밝혀졌다.

곤충과 동물이 하느님이라는 위대한 힘과 연결돼 우주 전체에 기여하게끔 살아가고 있듯이 우주는 우리가 앞으로 나아갈 수 있게 '원시뇌'를 통해 우리들에게 중요한 것들을 가르쳐 주고 있는 것일까? 그렇다 해도 영감은 천재나 위인이라고 일컬어지는 사람들만의 것은 아니라고 생각한다.

어쩌다 우연히 들른 서점에서 오늘 자신에게 필요한 책이 눈에 들어온다든지 우연히 켠 텔레비전에서 들은 노래가 인생을 바꾸거나 사고방식의 전환을 일으키는 일도 있다. '어쩌다 보니'라고 생각했는데 되돌아보니 모든 것은 하느님의 계획이었다는 얘기는 자주 듣는 것 같다.

그밖에도 우리는 문득 떠오르는 생각에 꽤 도움을 받는다. 언제나 떠나는 여름휴가 여행의 목적지를 이스라엘로 정하는 것은 우연이었다. 단지 친구인 아카쓰카(赤塚)가 "이스라엘 안 갈래?" 하고 물어봤다는 이유가 전부다. 나는 이스라엘 '통곡의 벽' 앞에서 동요하고 있는 사람을 보고 우리가 언제나 하느님과 연결돼 있음을 실감했다. 그리고 《반야심경》을 혼자 번역해 읽으면서 우리는 언제나 괜찮다는 강한 느낌이 들었다. 그것은 그 후 미야부가 쓰러졌을 때도 극복할 수 있는 힘이 됐다. 우연 같지만 우연이 아니었던 것이다.

스님이 말한 '헛되지 않도록 물(物), 사(事), 인(人)이 제 역할을 하기 위해 출현(出現)'하는 것으로 우리들은 하느님께 보호받고 사랑받고 있는 것이다.

그렇기 때문에 나는 마음의 눈과 귀를 정갈히 해서 샘솟는 하느님의 뜻을 알아챌 수 있는 상태이고 싶다. 설령 마음의 눈과 귀를 정갈히 하지 못했다 해도 하느님은 몇 번이나 나를 도와주려 하실 것이다. 스가와라노 미찌자네(菅原道眞, 845~903년, 헤이안시대(平安時代)의 학자이자 정치가. 당나라에 사신을 파견하는 견당사 제도를 폐지함. 다이고천황(醍醐天皇)때 우대신(右大臣)에 임명됨. 일본 각지의 신사에서 '학문의 신'으로 모시고 있다)가 말했듯이 '기도하지 않으면 신은 지킬 수 없다.

우주의 하나라는 것

　　이스라엘에 가서 《성경》을 넘겨보는 일이 많아졌다. 여기에서 이 구절을 발견했다.

　"너를 낮추시며 너로 주리게 하시며 또 너도 알지 못하며 네 열조도 알지 못하던 만나를 네게 먹이신 것은 사람이 떡으로만 사는 것이 아니요. 여호와의 입에서 나오는 모든 말씀으로 사는 줄을 너로 알게 하려 하심이니라(신8:3)." 나는 '여호와의 입에서 나오는 모든 말씀으로 사는 줄을 너로 알게 하려 하심'이라는 구절에 적잖이 놀랐다.

　'너로 알게 하라'고 적혀 있는데 무엇을 알게 하려 함인가 하면 '여호와의 입에서 나오는 모든 말씀으로 사는' 것을 의미한다. 즉 하느님이 모든 것을 만들고 모두가 하느님의 손바닥 위에서 살고 있음을 깨달으라는 의미가 아닐까. 하느님은 왜 우리에게 부처와 예수를 보냈는가? 왜 《성경》과 《반야심경》을 준비했는가? 아마 우리가 헛되이 살지 않게끔 하신 일이 아닐까? 이 세상의 태초의 한 점이셨던 사랑의 하느님은 이 세상에 필요한 것이 필요한 형태로 서로 관계를 맺으면서 전체가 하나가 되어 살아가도록 이 세상을 만드셨다. 그렇기 때문에 하느님께서는 우리에게 '발버둥치며 고민할 필요 없다. 괜찮다'고 하실 것이다.

괴로움도 슬픔도 괜찮다. 상대가 내 일부이고 나도 상대의 일부이기에 원망할 필요가 없다. 사랑으로 충만한 우주와 우리가 연결돼 살아가고 있음을 우리 모두가 깨닫게 되기를 하느님은 바라고 계시지 않을까? 내가 좋아하는 인물 중에 도겐[道元, 1200~1253, 가마쿠라시대의 승려. 조동종(曹洞宗)을 개종함]이라는 인물이 있다. 도겐은 《정법안장(正法眼藏)》이라는 95권에 달하는 책을 썼다.

이 긴 문장의 핵심은 다음의 한 절에 있다고 한다.

"구슬(明珠)이 내는 무한한 빛을 사랑하지 않을 수가 있을까. 빛 한 조각 한 조각은 세상의 공덕이다."

여기 쓰여 있는 것은 '우주는 하나의 유기체이고 모든 것이 하나의 생명이다. 바다, 산, 돌, 꽃, 하늘, 달빛도 모든 것이 구슬 빛으로 돼있다. 우주는 하나의 유기체지만 돌, 바람, 사람 모든 것이 우주 그 자체이기도 하다. 그 하나하나는 끊임없이 나아지려 한다. 예를 들면 악이라 여겨지는 일이 생겨도 사실은 우주가 어떤 힘을 가하고 있는 것이다. 우주는 언제나 같은 자리에 머무르지 않고 모든 것이 좋은 방향으로 향한다. 한순간 한순간이 최선인 것이다. 사람이 하는 일 어느 것도 사람의 의사로 되는 것이 아니라 구슬이 하는 것이다. 그러니까 발버둥치며 살 필요 없다. 우주는 그런 것이다는 뜻이다.

분명히 도겐도 예수와 부처처럼 우주, 다시 말해 하느님과 연결돼 우주의 본질을 문장으로 나타낸 것이다. 그리고 하느님이 하느님의 계획으로 이것을 많은 사람에게 전달되길 바라셨기 때문에 도겐에게 책을 쓰게 하시지 않으셨을까? 나는 더 깊이 생각해 보았다. 왜 하느님은 그렇게 우주의 구조, 우주의 약속을 인간에게 알려주려 하실까? 나는 우리가 우주의 약속을 알면 더 편하게 살 수 있으니까 사랑으로 충만하신 하느님이 그것을 바라신다고 생각한다.

누구나 실로 지금이 행복한 것이라는 확신이 든다. 꽃도 나비도 바람 불면 바람에 날리고, 해님이 비추면 해님에 비치고, 비가 내리면 비에 젖는 매일을 보내고 있다. 때로는 생명이 다하기도 할 것이다. 하지만 아무런 걱정을 할 필요는 없다.

태어나고 죽는 것은 모두 하느님 손바닥 위다. 그 손바닥 위에서 우리 모두가 행복한 것이라고 생각한다.

나는 우리가 언제나 사랑으로 충만한 삶을 살고 있고, 아무리 괴로울 때도 하느님의 사랑으로 참된 행복을 누리고 있다는 믿음을 갖고 있다. 내 아버지는 미야부가 쓰러지고 딱 일 년 전 같은 날인 2월 20일 갑자기 간질성폐렴에 걸려 단 하루를 병원에서 보내고 돌아가셨다. 지금부터 소개할 '만천의 별(満天の星)'은 아버지가 돌아가시기 직전에 지은 시이다. 아버지한테 물어보았더니 '우주의 한 점'이라는 부분이 좋다고 말씀하셨다.

만천의 별

만천의 별, 하늘을 돌고
백조좌의 십자를 눈으로 쫓아

우리들의 우주에 떠오르면
너는 툭하고 내뱉는다

너와 나
도대체 왜 여기에
함께 있는 걸까?
흘러가는 은하를 손가락으로 더듬어 올라가
우주의 한 점으로 있자

우주에 드리운 억만 개의 별
바다에서 빛나는 억만 개의 모래
억만 개의 꽃, 억만 개의 마음
그리고 이어져 있는 생명
너와 나 왜 여기에
함께 있는 걸까?
시간의 흐름 속에
우주의 한 점으로 있자

우주의 한 점으로 있자

미야부가 쓰러졌을 때, 좀처럼 노래 소절을 기억하지 못하는 내가 딱 하나 완벽하게 외우고 있는 이 시에 멜로디를 붙여 만든 곡을 나는 몇 번이고 몇 번이고 미야부의 귓가에다 불러줬다. 아마 아버지, 비야부, 학교 아이들, 발리섬의 유다, 바라, 그리고 예수님, 부처님, 그리고 여러분도, 나도 모두 모여 하나다.

친구들은 내게 "넌 참 태평하다. 모두가 좋은 사람이고, 언젠가 오게 될 좋은 날을 위해 모든 사람이 존재한다니. 너무 낙천적이야"라고 종종 말한다. 하지만 나는 언제나 생각한다.

"정말인데……."

살아있는 매일, 여러 가지 일이 일어난다. 기쁜 일, 즐거운 일이 일어나기도 하지만 가끔은 자신을 놓아버리고 싶은 일도 일어난다. 그래도 우주는 모두가 잘 살 수 있도록 만들어져 있으니까 괜찮다. 좋지 않은 일도 언젠가 올 좋은 날을 위해 존재하는 거니까 괜찮다. 괴로운 일도 싫은 느낌이 드는 만남도 모두 중요한 의미가 있다. 필요하니까 일은 생긴다. 모두가 연결돼 있다. 혼자가 아니다.

그렇게 생각하면 사는 게 쉬워진다. 매일이 무척 즐겁고 행복해진다.

분명 인생은 하느님께 받은 선물이다.
그것을 잊지 않고 감사하며 살아가면 좋겠다.

이과 수업 때 한 장의 사진을 아이에게 보여주었다. "어젯밤 선생님 집 베란다에서 찍은 달 사진이야." 오렌지색 유바리 멜론(夕張メロン, 홋카이도 유바리시(北海道夕張市)의 특산물로 보통 멜론과 달리 노란빛이 강하고 고급 농산품으로서 일본 전국적으로 유명하다) 같은 큰 초승달이 배가 강물에 떠다니듯 밤하늘에 떠 있었다.

"해는 어디에 있을까?" 하고 내가 묻자 아이들은 잠시 생각하고는 대답했다.

"달이 배 모양으로 빛나고 있어. 빛이 아래에서 비추니까 그런 거야. 맞아. 해는 지평선 아래쪽에 있을 거야."

"선생님, 달님이 오늘은 초승달이에요. 반달이라고만 하는 줄 알았는데……. 달 모양에도 이유가 있는 거죠? 해가 어디에 있고 달

이 어디에 있는지 달 모양이 가르쳐주고 있잖아요"라고 아유(あゆちゃん)가 말했다.

"우리 우주 안에 있는 거네."

정말로 그렇다. 우리는 우주 안에 있다. 그리고 관계를 맺으면서 서로 의지하면서 자신의 역할을 맡아 하나의 생명을 살고 있다. 그렇게 생각하니 갑자기 코끝이 찡해졌다.

요전에 학교 학생들 중 내가 귀여워하는 미나(みなちゃん)의 생일이었다. 나는 미나 생일에 우쿨렐레로 생일 축하 노래를 연주해 주겠다고 한참 전에 약속했었다. 그래서 그날 조금 빨리 학교에 가서 연습을 했다. 그리고 이과 수업을 시작할 때 인사를 하고 연주를 했다. 아이들은 깜짝 놀란 눈치였다. 미나도 좋아해 주었다. 그 후 이온화경향표를 공부했다.

그날 일을 메일매거진에 써서 올렸더니 사토시라는 사람에게 메일이 왔다.

안녕하세요, 갓코 선생님.

어제 메일을 읽고 갓코 선생님의 반 아이들이 정말 부러웠습니다.

저는 저번 주 26살이 됐습니다. 고등학교 때 스스로 목숨을 끊으려고 했지만 실패했고 의식을 되찾았을 땐 몸이 움직이지 않았습니다. 지금도 반신마비 상태입니다. 중학교, 고등학교 때 학교에 가지 못했습니다. 학교가 무서웠어요. 만약 제 생일에 우쿨렐레를 가져와 수업시작 전에 저를 위해 연주해줄 선생님이 있었다면, 뭐 우쿨렐레가 아니더라도, 저에게 '축하한다'는 한 마디 해줄 누군가가 있었다면 저는 다른 인생을 살고 있겠지요? 하지만 누구의 탓도 아닙니다. 단지 단 한 사람, 저를 위해 울어주거나 저를 위해 기뻐해줄 수 있는 사람이 있다면 살아갈 수 있다고 생각한 것을 전해 드리고 싶었습니다.

사토시가 메일을 보내주자 내 안의 사토시의 일부가 번쩍하고 깨어났다. 나도 사토시의 생일을 축하하고 싶어졌다.

"사토시, 생일 축하해요. 조금 늦었지만 지금부터 사토시를 위해 우쿨렐레를 켜겠습니다. 그리고 사토시를 위해 기도하겠습니다. 사토시의 내일과 내일모레가 더더욱 기쁜 일로 가득하기를 바랍니다."

메일매거진에 써올린 그날이다. 내 메일로 연달아 '사토시, 축하

합니다', '살아 있어줘서 고마워요', '오늘부터 친구해요' 등등 깜짝 놀랄 정도로 많은 양의 메일이 와있었다. 나는 마음이 따뜻해지는 수많은 메일을 보고 눈물을 멈출 수가 없었다.

네가 고통스러우면 나도 고통스럽고, 네가 기쁘면 나도 기쁘고, 네가 외로우면 나도 외롭다……. 내 안에 확고한 그 생각이 많은 메일로 증명됐다.

살다 보면 매일 여러 가지 일들이 일어난다. '왜 이런 일이 나한테 생겼지?' 하며 한숨을 쉬는 일도, 괴로운 일이 생기기도 한다.

나는 그럴 때 슬픔 안에 있었다. 아무리 생각해도 내 힘이 닿을 수 없다는 것을, 어쩔 수 없다는 것을 알고 있지만 생각을 멈출 수가 없는 것이다. 나는 아무것도 할 기분이 아니었다. 말을 하는 것도 밥을 먹는 것도 할 수 없었다. 그냥 한숨만 푹 푹 쉬고 있었다. 눈을 감아도 잠들 수 없었고 이불을 덮어도 슬픈 일이 떠올라 가슴이 애렸다.

허나 슬픔과 괴로움이 얼마만큼 있다한들 슬픔이 크면 클수록 우주는 더 큰 힘으로 나를 열심히 지켜줄 것이다.

나는 끊임없이 되새긴다. 우리는 절대 혼자가 아니라고.

태초는 하나이고 그 태초는 사랑으로 충만하다. 우리는 사실 언제나 그 사랑으로 가득한 우주와 손을 맞잡고, 모든 사람과 자연과 손을 맞잡고 모두 모여 하나의 생명을 살고 있는 것이다.

나는 반드시 믿음으로 시작해야 한다고 생각한다. 어떤 일도 언젠가 올 좋은 날을 위함이요, 조우한 '물건', '일', '사람'은 필요했기 때문에 주어진 것이다. 그렇게 믿는 것에서부터 시작된다.

하늘의 것은 하늘에 맞게, 들의 것은 들에 맞게, 꽃도, 새도, 달도, 우주의 음성에 열심히 귀 기울이며, 의심하지 않으며, 태어난 모습 그대로, 우주 안에 있다. 착실히 제 역할을 다하고 있는 것이다.

그것을 깨닫자 나도 꽃과 벌레, 달처럼 하루하루를 힘껏, 우주의 약속 안에서, 살아가면 된다는 생각이 들었다.

이것이 최고의 행복이다. 우리들은 사실 누구나 행복한 것이다.

내가 쭉 사실이라고 믿는 긴 이야기에 귀를 기울여줘서 감사할 따름이다.

이 책을 읽어준 분들과 함께 넓은 우주의 하나의 생명으로서 살아가는 것을 진심으로 행복하게 생각한다. 진심으로 감사하다.